KAKAOKÜSSE UND WEIHNACHTSWUNDER

EMMA S. ROSE

Kakaoküsse und Weihnachtswunder
Emma S. Rose
1. Auflage
November 2019
ISBN: 9781704905136

Rogue Books, Inh. Carolin Veiland, Franz - Mehring - Str. 70, 08058 Zwickau
emma.rose@gmx.net

Buchcoverdesign: Sarah Buhr / www.covermanufaktur.de unter Verwendung von Bildmaterial von merggy; tijanaM / Shutterstock

Printed in Germany by Amazon Distribution GmbH, Leipzig

Bibliografische Information der Deutschen Nationalbibliothek.
Die Deutsche Bibliothek verzeichnet diese Publikation in der Deutschen Nationalbibliografie; detaillierte bibliografische Daten sind im Internet über http://dnb.ddb.de abrufbar.

Für die größten Wunder meines Lebens:
Felix und Charlotte.
Ich kann es kaum erwarten, das Leuchten eurer Augen in der Adventszeit von Jahr zu Jahr größer werden zu sehen.

Liebe ist nicht etwas, das du findest, Liebe ist etwas, das dich findet.

— Loretta Young

1

Amelie

Auf einer langen Liste an Dingen, die uncool waren, zählte »in einer Bücherei eingeschlossen werden« definitiv zu den Top Ten.

Nicht, dass es schlimm war, eine ganze Nacht lang alleine mit einem Haufen Büchern zu sein, das nicht. Früher gehörte das sogar zu meinen Wunschvorstellungen. Ewige Stunden lang nach Lust und Laune lesen, dabei vielleicht Schokolade essen, und mich total rebellisch fühlen. Mit elf, zwölf Jahren klang das ziemlich verlockend.

Nun aber, allein zwischen all den dunklen Regalschluchten, fühlte ich mich eher bedroht als geborgen, eher ängstlich als rebellisch.

Nein. Heute, einige Jahre später, gefiel mir diese Vorstellung längst nicht mehr so gut. Erschaudernd umklammerte ich meine Bücher, presste sie wie ein Schutzschild vor die Brust und lief durch den dunklen Raum in die Richtung, wo das kleine, grüne Notausgangsschild leuchtete. Nicht, dass ich ernstlich vorhatte, diese Tür aufzureißen und damit einen Alarm auszulösen. Ich konnte mir bildlich vorstellen, wie das innerhalb kürzester Zeit die Runde über den Campus drehen würde. *Ängstliche Studentin löst Alarm aus, weil sie zu blöd ist, rechtzeitig die Bibliothek zu verlassen.* Gerade jetzt, zu Beginn meines ersten Semesters, während meine Versuche, Anschluss zu finden, noch nicht richtig gefruchtet hatten, konnte ich auf diese Art von Aufmerksamkeit sehr gut verzichten. Aber dort war wenigstens ein bisschen Licht. Und es gab ein paar Arbeitsplätze, an denen ich es mir gemütlich machen konnte.

So die Theorie.

Von dort aus würde ich mich orientieren, mir einen Plan zurechtlegen. Nachdem ich die Haupteingänge bereits kontrolliert und festgestellt hatte, dass diese verschlossen waren, blieben mir nicht allzu viele Optionen. Um mein nervös pochendes Herz zu beruhigen, erschien es mir sinnvoll, mich nahe einer Lichtquelle auszuruhen, meinen letzten Müsliriegel zu essen und die Panik unter Kontrolle zu bekommen. Vielleicht hatte ja auch jemand sein Ladekabel liegen gelassen. Eher weit hergeholt, aber die Hoffnung starb bekanntlich zuletzt. Ich hatte nicht wirklich geplant, über Nacht zu bleiben, weshalb ich den Akku meines Handys durch ausgiebigen Spotifykonsum zum Kapitulieren gebracht hatte. Dummer Fehler, an dieser Stelle. Anfängerfehler. Aber wer hätte denn ahnen können, dass ich in der Unibibliothek eingeschlossen werden würde?

Ich ganz sicher nicht.

Gedankenversunken war ich derart darauf fokussiert, den Arbeitsplatz direkt neben der Tür zu ergattern und meine müden Beine auszuruhen, dass ich im ersten Moment gar nicht realisierte, was mein Herz bereits mit einem nervösen Flattern ankündigte.

An einem der Arbeitsplätze weiter links saß, mit dem Oberkörper auf dem Arbeitsplatz abgelegt und offenbar schlafend, ein weiterer Mensch.

Anhand der Silhouette vermutlich ein Mann, wie ich noch geistesgegenwärtig feststellte.

Dann begann ich zu schreien.

In diesem Moment geschahen zwei Dinge zugleich. Der dunkle Schatten vor mir richtete sich ruckartig stöhnend auf und ich plumpste rückwärts auf meinen Hintern. Nun stöhnte auch ich, denn der Aufprall war nicht gerade angenehm, auch wenn meine Rückseite ausreichend gepolstert war.

Der Schatten drehte sich zu mir um – ja, tatsächlich ein Mann – und starrte auf mich hinunter. Mit Sicherheit gab ich ein wundervolles Bild ab, so zu seinen Füßen sitzend und mit Büchern um mich herum verteilt. Ein kehliges Geräusch entkam meinen Lippen.

»Was zur Hölle?«

Wir starrten uns an. *Natürlich* war ich sprachlos. Jeder andere Mensch hätte jetzt irgendetwas getan, aber ich konnte nur stumm wie ein Fisch dasitzen und glotzen. Das Licht war gedimmt, aber trotzdem mehr als ausreichend, um mir zu verraten, wer genau da eigentlich vor mir stand und offenbar dem gleichen Schicksal wie ich ausgeliefert war.

Nikolas Winter, der wohl heißeste Typ vom Campus; zumindest aus meinem Semester. Einer von den Typen, die mich bisher nicht einmal angesehen hatten, die wahrscheinlich nicht einmal wussten, dass ich existierte.

Aber tada, hier war ich. Saß ihm zu Füßen, starrte mit offenem Mund zu ihm hinauf und spürte, wie sich Röte in meinem Gesicht ausbreitete.

Und auf meinem Dekolleté.

Verflucht, wahrscheinlich glühte mein gesamter Körper, und ich konnte nichts dagegen tun. Immerhin spielten die Lichtverhältnisse mir jetzt in die Karten; das grünliche Licht kaschierte meine Scham. Dennoch, mir persönlich reichte es bereits, zu wissen, dass mein Körper mich blamierte.

»Äh, hi?«, brachte ich schließlich hervor.

Nikolas Winter schnaubte. »Was ist hier los?«

Eine eher dumme Frage, wenn ihr mich fragt. Ungewollt

schlüpfte mir ein Lachen über die Lippen, das leicht irre klang. »Es ist dunkel.«

Seine Augenbrauen wanderten in die Höhe.

»Und leer.«

Nun begann sein Gesichtsausdruck sich zu verändern, so als würde ihm etwas dämmern. Kluger Kerl. Er atmete scharf ein.

»Wir, äh, sind hier irgendwie eingeschlossen?«

»Was?« Auch wenn er im ersten Moment sehr irritiert wirkte, geschah schon im nächsten Moment etwas, das mir buchstäblich die Luft zum Atmen raubte: Er lachte los. Laut, volltönend, und mit Sicherheit nicht panisch oder irre oder sonst wie beunruhigt.

Nein.

Er klang, als wäre das hier tatsächlich ein Spaß. Verwirrt starrte ich ihn an.

»Komm.« Wie aus dem Nichts reckte er mir seine Hand entgegen. Noch immer lachend, weshalb sie zitterte, aber ich konnte mehr als deutlich erkennen, wie groß und kräftig sie war.

Männlich.

Im ersten Moment wäre ich lieber mit dem Erdboden verschmolzen, als diese Hand zu ergreifen, aber das hätte nur Fragen aufgeworfen. Als sein Gelächter verebbte, seine Miene etwas ernster wurde, zögerte ich den Augenblick nicht länger hinaus und nahm sein Angebot, mir aufzuhelfen, an. Schwungvoll – schwungvoller als erwartet – zog er mich auf die Füße. Ich stolperte einen Schritt nach vorne, weshalb er mich nicht losließ, mit der anderen Hand sogar meine Schulter ergriff und mich stabilisierte.

Dann stand ich vor ihm. Er war mehr als einen Kopf größer als ich, weshalb ich im ersten Moment lediglich gegen seine Brust starrte. Langsam wanderten meine Augen nach oben, und als unsere Blicke sich trafen, spürte ich ein seltsames Ziehen in der Magengrube. Augenblicklich riss ich meine Hand los, verschränkte die Arme und starrte zu Boden.

»Also das ist ja mal ein lustiger Zufall«, murmelte Nikolas. »Wir beide hier eingeschlossen. Wie ist das überhaupt möglich?«

Oh, diese Frage hatte ich mir bereits gestellt, als ich noch nichts von meiner zweifelhaften Gesellschaft gewusst hatte. Ohne ihn anzublicken, ging ich in die Hocke, um meine Bücher einzusammeln. »Das Personal ist knapp, und -« Weitere Worte blieben in meinem Hals stecken, da er direkt neben mir ebenfalls zu Boden sank und nach ein paar von den Büchern griff, die ich so heldenhaft um mich herum verteilt hatte. Automatisch verschloss sich meine Kehle, und als ein Hauch seines Aftershaves oder was auch immer in meine Nase drang, kapitulierte auch diese. Weiche Wattewolken breiteten sich in meinem Hirn aus; anders konnte ich mir nicht erklären, wieso zumindest Teile von mir aufhörten zu funktionieren. Ich räusperte mich trocken. »Also, äh, ich war im Archiv und habe die Zeit vergessen.«

Nikolas schnaubte leise. »Und ich bin eingeschlafen. Offensichtlich. Hier.«

Ich nahm seine Bücher entgegen, legte sie auf meinen Stapel und richtete mich ruckartig auf. Erneut taumelte ich ein wenig, dieses Mal aber von ihm fort. Noch ehe Nikolas mich berühren konnte, eilte ich zu jenem Arbeitsplatz, der vorhin noch mein Ziel gewesen war, und ließ mich auf den Stuhl sinken.

In meinem Kopf drehte sich alles.

Faktencheck.

Seit knapp einem Monat war ich nun eine Studentin. Bisher hatte ich einen Großteil meiner Zeit damit verbracht, mich mit meiner Umgebung vertraut zu machen. Dabei hatte ich einen Ort gefunden, an dem ich mich, neben meinem WG-Zimmer, wohl am liebsten aufhielt: die Bibliothek. Kontakt zu meinen Kommilitonen hatte ich nicht wirklich aufgebaut. Und meine WG-Genossin, ein irgendwie dauerbetrunkenes Mädel aus dem fünften Semester, war auch eher ein Geist als alles andere. Dennoch hatte ich nicht lange gebraucht, um mitzubekommen, dass es eine Handvoll Leute gab, die schon von Tag eins an zu den Coolsten des Semesters gehörten. Studenten, mit denen die anderen gerne in der Mensa an einem Tisch saßen, an dessen Lippen sie hingen, sobald sich einer im Kurs meldete. Eine Gruppe aus angehenden Sportlern, Jahrgangsleitern, Studentenvereinigungs-Gründern. Kurzum – genau die Art von Menschen, um die ich einen großen Bogen machte. Denn ich hasste die große Aufmerksamkeit. Ich war nicht der Typ Mensch, der sich darin sonnte, wenn alle auf ihn achteten, nein. Ich stolperte. Und ich fiel kopfüber in den einzigen Matschehaufen, der weit und breit zu sehen war. Oder ich schrie los, wenn ich bemerkte, dass ich nicht alleine eingeschlossen war, und landete auf meinem Hintern. So jemand war ich.

Gar nicht leicht, damit umzugehen, wenn man plötzlich gar keine andere Wahl hatte, als sich mit diesen Dämonen auseinanderzusetzen. Nikolas war nämlich genau das. Er war die Personifizierung meines eigenen Unbehagens. Seine Nähe machte mich nervös, ließ mich stammeln und stolpern. Alleine kam ich herrlich zurecht, aber mit ihm in der Nähe verwandelte ich mich in ein angespanntes Häuflein Elend.

Ziemlich uncool, wenn man bedachte, dass diese Nacht gerade erst angefangen hatte.

Ich stöhnte leise auf.

Aus dem Augenwinkel sah ich, wie Nikolas in meine Richtung schlenderte; wahrscheinlich, um sich auf dem Stuhl direkt neben mir niederzulassen. Selbst die schlechten Lichtverhältnisse hinderten mich nicht daran, sein Aussehen wahrzunehmen. Vielleicht, weil ich ihn bereits so oft aus der Ferne gesehen hatte. Er war groß, wie bereits erwähnt. Mit sehr breiten Schultern, die vermuten ließen, dass er trainierte, ebenmäßigen Gesichtszügen, sehr markanten Wangenknochen, vollen Lippen. Außerdem hatte er so tiefschwarzes Haar, dass es manchmal fast schon bläulich wirkte, dazu stechend graue Augen. Und so lange, dichte Wimpern, dass ihn wohl jede Frau darum beneidete.

Ganz und gar nicht meine Liga. Ganz und gar nicht die Art von Gesellschaft, die ich bevorzugte.

Er plumpste lautstark ächzend auf den Stuhl neben mir. »Also, Leidensgenossin. Was jetzt?«

Ich musste mich vollständig darauf konzentrieren, nichts Peinliches zu tun. Einfach so vom Stuhl zu rutschen zum Beispiel, oder quietschen, wenn ich den Mund aufmachte. Ich hasste es, dass jemand wie er mich in ein so unsicheres Mädchen verwandeln konnte, aber das war schon immer mein Problem gewesen; es würde sich heute Nacht sicher nicht ändern. »Ich habe die Haupteingänge kontrolliert. Alle verschlossen.«

Er nickte, als hätte er damit bereits gerechnet. »Okay.«

Langsam zog ich mein Smartphone hervor. »Mein Akku hat den Geist aufgegeben. Nicht, dass ich wüsste, wen man in einem solchen Fall anrufen könnte ...«

Mit einem lauten Klatschen schlug Nikolas seine Hand vor die Stirn. »Klar, mein Handy. Na ja, es ist im Schließfach -«

»Und das ist außerhalb der Haupteingänge im Nebenraum«, ergänzte ich seinen Satz leise. »Natürlich.«

»Aber auch ich wüsste nicht, wen ich anrufen sollte.« Seine Zähne blitzten auf, als er mir zu grinste. »Die Polizei würde wohl kaum zu unserer Rettung eilen.«

»Feuerwehr«, warf ich ein.

»Was?«

Ich zuckte zusammen. »Ist nicht normalerweise die Feuerwehr für solche Rettungsaktionen zuständig?«

Eine Weile schwieg er, dann schnaubte er los. »Ja, du hast recht. Ich denke schon.«

Wie aus dem Nichts sprang er plötzlich auf die Beine und begann, hin und her zu laufen. »Echt unglaublich, dass die abgesperrt haben, ohne zu kontrollieren, ob alle draußen sind.«

Ich kam nicht umhin zu bemerken, dass er nicht direkt verzweifelt klang, eher aufgeregt – als wäre das hier ein Abenteuer. Gott, ich wünschte, ich könnte es genauso betrachten. Aber ich selbst war in erster Linie verzweifelt-hysterisch. Zuzusehen, wie dieser Hüne von Mann vor mir seine Runden drehte, machte es nicht gerade leichter. Unbehaglich verschränkte ich die Arme vor der Brust und schluckte fest.

»Wie heißt du eigentlich?«

Abrupt blieb er vor mir stehen und blickte auf mich herab, weshalb ich ein weiteres Mal zusammenzuckte. Als dann auch noch seine Hand in meinem Blickfeld auftauchte, so als wollte er mich förmlich begrüßen, quittierten ein paar weitere Hirnzellen ihren Dienst. Kurz spürte ich sogar, wie Irritation in mir aufflammte. Wenn ich groß und schlank wäre, mit vollen Brüsten und glatten Haaren und rotem Kussmund, wüsste er sicherlich, wie ich heiße.

Aber das war ich nun mal nicht.

Ich war gerade mal eins fünfundsechzig groß, hatte mindestens zwanzig Kilo zu viel auf den Rippen, mein Haar war ein Durcheinander aus wirren, dicken Strähnen, und ich hatte ein Gesicht, das ein Typ mal als Allerweltsgesicht bezeichnet hatte. Damals fand ich es irgendwie nett. Heute weiß ich, dass es alles andere als das war. Aber die Worte hatten sich eingebrannt.

Einen winzigen Moment lang zog ich in Erwägung, nicht zu antworten. Er würde meinen Namen sowieso wieder vergessen, sobald wir hier raus waren. Aber meine Erziehung ließ mir keine Wahl, also atmete ich leise aus. »Amelie.« Zwar ergriff ich nicht seine Hand, aber ich reckte mein Kinn, und als unsere Blicke sich begegneten, spürte ich erneut dieses Ziehen in meiner Magengrube.

Kleine Fältchen bildeten sich in seinen Augenwinkeln. »Hallo Amelie, ich bin Nikolas. Und ich schätze, wir werden die Nacht miteinander verbringen.«

Noch ehe ich deshalb loszischen konnte, redete er weiter.

»Also, du weißt schon. Hier in der Bibliothek.« Wenn ich es nicht besser gewusst hätte, hätte ich behauptet, er war verlegen. Zumindest rieb er sich über den Nacken und lachte leise auf. »Tja. Nun sind wir hier eingeschlossen. Und weiter?«

Um den ganzen Peinlichkeiten die Krone aufzusetzen, beschloss mein Magen, ihm zu antworten. Ein lautstarkes Knurren erinnerte mich an meinen Müsliriegel.

Nikolas lachte auf. »Oh ja, Hunger. Das klingt gut.«

Ich starrte ihn überrascht an. Ein Teil von mir hatte wohl damit gerechnet, dass er nun einen dummen Spruch raushauen würde, über mein Gewicht zum Beispiel, und den Umstand, dass ich gerade jetzt an Essen denken musste. Regungslos sah ich zu, wie er zu seinem ursprünglichen Arbeitsplatz joggte und mit seiner Tasche zurückkehrte. Langsam zog ich den weich gewordenen Riegel aus meiner Hosentasche, während er selbst eine Dose hervorzauberte, die er mit einem leisen Klicken öffnete. Zwei große, belegte Brötchen lagen darin. Eines davon bot er mir an.

»Ich, äh -«

»Nimm schon.« Sein Lächeln schien aufrichtig zu sein. »Wir brauchen Energie, oder nicht?«

»Äh, ja …« Ich folgte seiner Aufforderung, griff nach einem der beiden Brötchen und biss langsam hinein. Augenblicklich zogen sich meine Geschmacksknospen vor Wonne zusammen, und ich schloss die Augen.

»Gut, nicht wahr?«

Ich sah ihn nicht an, registrierte aber trotzdem sein zufriedenes Lächeln. Seufzend biss ich ein weiteres Mal ab. In diesem Moment war mir egal, wer da neben mir saß. Dass ich gerade ein himmlisches Käse-Remoulade-Tomaten-Brötchen mit Krautsalat aß und damit unterstrich, woher meine Pfunde zu viel kamen, spielte einfach keine Rolle. Es half ungemein, dass Nikolas mir deshalb keinen dummen Spruch vor die Stirn knallte, außerdem hatte ich wirklich Hunger. Meine letzte Mahlzeit lag mittlerweile über fünf Stunden zurück.

Während wir schweigend unsere Brötchen verdrückten, versuchte ich, mich ein wenig zu entspannen. Bisher war nichts Schlimmes passiert, und Nikolas hatte sich auch nicht über mich lustig gemacht. Ich ging sogar so weit zu glauben, dass es vielleicht gar nicht so schlecht war, diese Nacht nicht alleine durchstehen zu müssen.

Schon merkwürdig, was Essen mit einem anstellen konnte.

»Also, Amelie.« Sein Stuhl knarrte, als er sich darauf streckte, die Arme weit über seinen Kopf hinaus reckte. »Was stellen wir denn nun die ganze Nacht über an?«

Erneut kam sie wieder, die Unsicherheit. Mein Blick wanderte in den Schoß, der von Krümeln bedeckt war. Während ich sie langsam beiseite fegte, setzte ich zu einer Antwort an. »Keine Ahnung. Ich hätte die Zeit wohl genutzt, um ganz ausgiebig zu stöbern. Wann hat man schonmal die Möglichkeit, einfach so durch die Regale zu schauen?« Noch während ich die Worte aussprach, bemerkte ich, wie lahm sie klangen. Verdammt. Nicht, dass ich cooler wirken wollte, als ich war, aber gerade erst hatte ich angefangen, mich in seiner Nähe zu entspannen. Wenn er nun jedoch -

»Das klingt gar nicht schlecht«, riss er mich so überraschend aus meinen Gedanken, dass ich überrascht keuchte.

»Was?«

Er lächelte mich an. »Na ja, es ist doch offensichtlich, oder? Wir sind umgeben von tausenden von Büchern. Ich bin mir sicher, auf diese Weise verfliegt die Nacht im Nu.« Seine Miene veränderte sich, wurde herausfordernder. »Was ist? Damit hast du nicht gerechnet, oder? Für dich bin ich einer der hirnlosen Sportler, die nur dann lesen, wenn es dringend nötig ist, nicht wahr?«

»Nein!«, platzte es aus mir heraus. »Oh Gott, nein, ich ...« Verdammt. Eigentlich hatte ich genau das gedacht.

Er lachte laut los. »Schon okay. Amelie. Wir alle haben mit unseren Vorurteilen zu kämpfen.«

Als hätte er mir gerade lediglich etwas über das Wetter erzählt, sprang er leichtfüßig auf und begann, Richtung Regalreihen zu schlendern. Ein scharfer Schmerz zuckte durch meine Brust; zum einen, weil er mich mit meinen eigenen Vorurteilen konfrontiert hatte. Zum anderen, weil ich mich fragte, was genau er wohl über mich dachte. Plötzlich hielt er inne, blickte zu mir zurück und hob die Augenbrauen. »Was ist? Kommst du, oder nicht?«

Noch immer zog es in meiner Brust, meine Kehle brannte und ein Summen erfüllte mein Hirn. Dennoch richtete ich mich langsam auf, um ihm zu folgen. Verdammt, ich hatte keine Ahnung, was ich hier gerade eigentlich tat.

Aber ich tat es. Die Nacht konnte schließlich nicht noch verrückter werden, oder?

❄

Interessanterweise hatten wir beide einen sehr ähnlichen Geschmack. Ich hätte selber darauf kommen können, wenn man bedachte, dass wir beide als Zweitfach Soziologie studierten, aber dass gerade Nikolas mit mir den Abschnitt stürmen würde, in dem es um delinquentes Verhalten ging, traf mich doch unvorbereitet. Als wir uns eine Weile später im Schein der grünen Notausgangslampe wiederfanden, hatten wir einen ganzen Stapel Bücher darüber zwischen uns liegen, sowohl trockene Schinken alter, soziologischer Klassiker, als auch modernere Fallbesprechungen. Mit klopfendem Herzen dachte ich an meine eigene, persönliche Sammlung zuhause und fragte mich, ob ich mit Nikolas darüber reden sollte.

Vorerst jedoch vertieften wir uns in die Bücher, murmelten uns zwischendurch ein paar Empfehlungen zu oder redeten leise vor uns hin.

Es war ... angenehm.

Weniger angenehm war es für meine Augen, bei diesem Licht zu lesen. Schon bald wurden meine Lider schwer, ich begann, über mein Gesicht zu reiben, und schließlich legte ich das aktuelle Buch beiseite. Ein Blick auf die Uhr verriet mir, dass es gerade einmal kurz nach zwei war. Wir hatten also noch einige Stunden vor uns; die Bib eröffnete offiziell erst wieder um sechs. Müdigkeit schlich sich in meine Knochen.

Auch Nikolas legte sein Buch beiseite. »Langsam wird es anstrengend, was?«

Ich seufzte auf. »Diese ganzen Wissenschaftler drücken sich immer so geschwollen aus. Wozu eigentlich?«

Er schnaubte. »Weil sie dann direkt viel wichtiger klingen. Komm, wir brauchen eine Pause.«

Ein weiteres Mal war er es, der aufstand und mir bedeutete, ihm zu folgen. Langsam erklomm ich hinter ihm die Treppen in den obersten Stock, wo sich die Bücher der

Wirtschaftsfakultät befanden. Dort hatte ich mich noch nie aufgehalten. Die Luft war hier noch stickiger, aber als er mich durch die Regalreihen hindurch ans andere Ende geführt hatte, atmete ich scharf ein. Zwar war es hier nahezu stockdunkel, wir waren weit von den Lichtern des Eingangs entfernt, aber dafür standen wir plötzlich vor einer gläsernen Front. Ich keuchte immer noch leise von den drei Stockwerken, die ich hinaufgeklettert war, aber mein Atem stockte aus ganz anderen Gründen. Wir hatten einen fantastischen Ausblick über den Campus und die Stadt, die sich dahinter ausbreitete. Was mich aber vielmehr erstaunte, war der Umstand, dass es schneite. Dicke, große Flocken rieselten herab, landeten teilweise auf der Scheibe, verliehen der Nacht augenblicklich etwas Mythisches.

Nikolas beobachtete mich. Als ich seinen Blick bemerkte, sah ich, wie er sanft lächelte. Dann nahm er meine Hand und zog mich ein Stück weiter. Direkt an der Front gab es ein paar bequem aussehende Cordsessel, die um einen kleinen Tisch gruppiert waren. Ich ließ mich in einen sinken, er wählte den mir gegenüberliegenden aus. Noch immer spürte ich seinen Blick auf mir ruhen, ich selbst jedoch starrte nach draußen, beobachtete die Schneeflocken und hieß den Frieden willkommen, der sich in mir ausbreitete.

»Vielleicht schlafe ich hier ein«, murmelte ich leise.

»Dann ist es so«, erwiderte Nikolas. »Ich vielleicht auch.«

Und so schwiegen wir eine Weile.

Ich musste wohl wirklich langsam weggedöst sein, hypnotisiert von den Flocken, die vor mir herumwirbelten, entspannt von dem bequemen Sessel und eingehüllt in Dunkelheit, als Nikolas sich schließlich räusperte. Zumindest zuckte ich zusammen, und mein Puls begann augenblicklich zu rasen. Mein Blick huschte in seine Richtung. Da ich mich mittlerweile etwas an die Lichtverhältnisse gewöhnt hatte, konnte ich seine Silhouette sehr gut erkennen, ebenso das Weiß seiner Augen. Er hatte seine Beine über eine der Lehnen geschwungen und hing so lässig dort, dass ich mich direkt wieder plump fühlte, eingeschüchtert war.

»Wir studieren gemeinsam, nicht wahr?«

Ah, ja. Nun wollte er mir wohl auf den Zahn fühlen. Unsicher, ob ich damit einverstanden war, schloss ich die Augen. So konnte ich ihn nicht mehr sehen, und die gesamte Situation wurde unwirklich. Vielleicht also ... konnte ich ehrlich sein. »Ja, das tun wir.«

»Hm.« Er klang nachdenklich. »Aber wir haben noch nie miteinander geredet.«

Das war eine Feststellung, keine Frage. Ich seufzte auf. »Nein. Wundert dich das etwa?«

Ein Knarzen verriet mir, dass er sich aufrichtete. Dennoch blickte ich ihn nicht an. »Wieso sagst du das?«

Nun stellte er sich offenbar dümmer, als er war. »Ach komm schon. Du ... und ich. Wir verkehren in ganz unterschiedlichen Kreisen. Natürlich haben wir nicht miteinander geredet. Und wären wir jetzt nicht hier eingeschlossen, hätte sich das auch nicht geändert.«

Keine Ahnung, woher ich diesen Mut nahm, aber er war da. Morgen, bei Tageslicht, würde ich es bereuen. Aber jetzt sprach ich die Worte aus, die auf meiner Seele brannten. Ändern würde sich sowieso nichts. Morgen war jeder von uns wieder der, der er war. Keine Berührungspunkte. Es war genau genommen also vollkommen egal, was ich sagte.

»Das musst du mir jetzt aber genauer erklären.«

Zum ersten Mal hatte ich den Eindruck, dass Nikolas nicht mehr so locker war wie bisher. Ich hätte jetzt wohl besser einen Rückzieher gemacht, aber es war, als hätte ich eine Art Sog betreten. Ich war faktisch nicht in der Lage, meinen Mund zu halten. Irgendwie fühlte es sich an, als würde sich ein Brennen in meinem Körper ausbreiten. In meiner Brust entfacht, wanderte das Feuer hinab in meine Magengrube und von dort aus in Fingerspitzen und Füße, bis ich schließlich unruhig umher rutschte. Es war, als würde ich innerlich verbrennen, wenn ich jetzt nicht endlich meinen Mund öffnete.

Also tat ich es.

»Ich schätze, es fängt schon damit an, dass ich sehr wohl wusste, wer du bist. Du jedoch kennst nicht einmal meinen Namen. Nicht, dass es besonders schlimm wäre – unser Semester ist groß. Aber während du von Anfang an eine große Gruppe Freunde um dich geschart hast, habe ich bis heute kaum jemanden gefunden, mit dem ich über die Kurse hinweg Kontakt habe.« Ich hielt kurz inne, um zu schnauben. »Oder mit dem ich unfreiwillig in einer Bibliothek eingeschlossen bin, weshalb sozialer Kontakt nicht ausbleibt.« Verdammt, das wurde immer armseliger. Ich biss mir auf die Unterlippe. »Wie auch immer. Es ist nur so – wir sollten uns nichts vormachen. Sobald wir hier raus sind, werden wir diese Nacht sowieso schnell wieder vergessen. Weshalb sollten wir uns jetzt also die Mühe machen, uns näher kennenzulernen?«

Okay, das war's. Spätestens jetzt würde ich einfach im Erdboden versinken müssen, denn das hier – es war zu peinlich. Ich hätte meinen Mund halten, hätte einfach mitspielen sollen. Nun hatte ich viel zu viel von mir selbst offenbart.

Mit rasendem Herzen sprang ich auf die Füße, bereit, von hier zu verschwinden, da ich es keine Sekunde länger in Nikolas' Nähe aushielt.

»Hey, wo willst du hin?«

Noch ehe ich mich ernsthaft von der Fensterfront entfernen konnte, baute er sich vor mir auf, umfasste meinen Oberarm und stoppte meine Flucht, bevor sie so richtig begann. Ich atmete zittrig ein, zog vorsichtig meinen Arm zurück, doch er ließ mich nicht los. In diesem Moment hüllte mich seine Präsenz so allumfassend ein, dass ich sofort begriff, warum er so viele Freunde gefunden hatte. Abgesehen davon, dass er riesig, beinahe erdrückend auf mich wirkte, war da noch etwas anderes. Ein schwacher, holziger Duft. Ein Hauch von Minze. Das unbändige Bedürfnis, mich gegen seine Brust zu werfen und dort zu verharren, bis dieser Sturm in meinem Innersten verzogen war.

Aber ich hielt still. Hörte auf zu atmen, versuchte, mich nicht einmal einen Millimeter zu bewegen. Und Nikolas? Er ließ mich nicht los. Er ließ mich einfach nicht los. Gerade, als ich dachte, ich müsste unter seiner Berührung verbrennen, machte er es sogar noch schlimmer, indem er auch meinen anderen Arm umfasste.

Sanft schob er mich zurück in den Sessel. Wenig damenhaft plumpste ich hinein, spürte die Erschütterung bis in mein Innerstes. Anstatt wieder zu seinem Sessel zurückzukehren, hockte er sich auf den kleinen Tisch vor mir. Das Licht arbeitete gegen ihn; da er nun größtenteils von der Fensterfront abgewandt war, ihn das unwirkliche Licht der Schneenacht nicht traf, lag ein Großteil seines Gesichts im Schatten. Dennoch spürte ich, wie sich sein Blick in mich bohrte. Es kostete mich all meine Kraft, nicht erneut aufzuspringen oder auf meinen Schoß zu starren. Ich schluckte gegen den Kloß an, der sich in meiner Kehle formte, und ließ mich ganz auf diese seltsame Situation ein.

Ich hatte ja doch keine Wahl.

»Also gut, Amelie«, begann er schließlich leise. Er klang, als müsste er sich mühsam kontrollieren. »Ich bin mir nicht sicher, was genau du vorhin eigentlich wirklich sagen wolltest.«

Ich holte tief Luft, um etwas zu erwidern, doch ehe ich dazu kam, redete er bereits weiter.

»Ich glaube, dass du mich in eine Schublade gesteckt hast, und das gefällt mir nicht sonderlich gut, um ehrlich zu sein.«

Erneut riss ich meinen Mund auf, aber er hob mahnend den Zeigefinger. Lächerlich, dass ich mich davon beirren ließ, aber so war es. Meine Lippen klappten wieder aufeinander, und ich starrte ihn an, versuchte die Scham zu ignorieren, die in meine Wangen stieg.

»Viel schlimmer jedoch ist es, dass du selbst dich ebenfalls in eine Schublade gesteckt hast. Und zwar eine, bei der du nicht sonderlich gut wegkommst. So scheint es jedenfalls. Ich kann noch nicht viel über dich sagen, weil ich dich nicht ausreichend kenne. Aber mein erster Eindruck war eigentlich ein guter. Wenn du dir nicht die Mühe machen willst, ist das schade, denn ich würde dir wirklich gerne beweisen, dass in uns mehr steckt als der allgemeine Liebling und die Außenseiterin.«

Ein so heftiges Prickeln überzog meine Haut, dass ich erschauderte. »Was wird das? Ein modernes Aschenputtel-Märchen, oder was?«

Eine Weile lang starrte er mich nur an, dann lachte er leise auf. »Ach komm schon. Du hältst mich für den braven, aber langweiligen Prinzen? Damit bin ich nicht einverstanden.« Er sprang auf die Füße, doch noch ehe ich mich fragen konnte, ob nun er derjenige war, der davonlief, zog er den Sessel neben mir mit scharrendem Geräusch näher heran, setzte sich schließlich. So nahe, dass ich seine beeindruckende Aura erneut spüren und mich ganz sicher nicht entspannen konnte.

»Fangen wir also von vorne an. Hi, ich bin Nikolas, und du?«

Zögernd beäugte ich seine Hand, die zwischen uns

schwebte und darauf wartete, ergriffen zu werden. Dann seufzte ich auf. »Ich bin Amelie.«

Wir schüttelten einander die Hand, als hätten wir uns wirklich gerade erst kennengelernt. Die Situation wurde immer abstruser.

2

Nikolas

Weiß der Teufel, was in mich gefahren war. Es grenzte ja bereits an Irrsinn, dass ich tatsächlich in der Unibibliothek eingeschlossen wurde – und das, wo ich gut sichtbar an einem der Arbeitsplätze gesessen hatte. Hätte ich nicht beschlossen, mich lieber an der Hausarbeit zu versuchen, anstatt zur Wohnheimparty zu gehen, wäre das hier nie passiert. Ich könnte jetzt ein Bierchen trinken, mit meinen Kumpels Mist labern und den ganzen Lernkram für ein paar Stunden hinter mir lassen. Stattdessen hing ich in der dunklen Bibliothek fest – übrigens, wenn ihr mich fragt wirklich sinnfrei, dass es hier scheinbar nur zentrale, für uns nicht einsehbare Lichtschalter gibt –, und dazu nicht alleine.

Merkwürdigerweise sorgte dieser Gedanke nicht etwa dafür, dass ich meine Entscheidung bereute. Im Gegenteil.

Nachdenklich starrte ich auf die beinahe Unbekannte, die mir im wahrsten Sinne des Wortes vorhin vor die Füße gestolpert war. Ich konnte es nicht genau benennen, aber etwas an ihr weckte mein Interesse. Und das schon bevor sie uns so treffend charakterisiert hatte. Denn auch wenn es mir schwerfiel, dies zuzugeben, hatte sie doch Recht. Wir hatten bisher kein einziges Wort miteinander gewechselt. Auch wenn das Semester noch jung und daher alles möglich war, wurde ich das ungute Gefühl nicht los, dass sich daran auch nichts geändert hätte.

Allerdings hatte der Bibliotheksgott entschieden, uns miteinander einzusperren.

Ich war vielleicht nicht abergläubisch, aber ich glaubte schon an gewisse Zeichen. Und dass ich ausgerechnet mit ihr hier feststeckte, musste doch etwas zu bedeuten haben. Die Karten wurden heute neu gemischt.

Also ließ ich nicht locker. Auch nicht, als sie mir entrüstet vor den Kopf warf, dass wir uns morgen bereits nicht mehr kennen würden. Es war nicht gerade nett, als so oberflächlich abgestempelt zu werden, denn genau das tat sie. Ich war weder blöd, noch war ich blind. Und ich war ehrlich zu mir selbst. In den vergangenen Wochen hatte ich sie wirklich keines zweiten Blickes gewürdigt. Ein großer Fehler, wie mir nun bewusst wurde, denn hinter ihrem Äußeren befand sich ein scharfer Verstand. Außerdem hatten wir ein Mindestmaß an gemeinsamen Interessen, wenn ich an die Wahl unserer Bücher dachte. Reichte das etwa nicht für den Anfang?

Lässig verschränkte ich die Arme hinter dem Kopf, versuchte zu überspielen, dass sie mich wirklich getroffen hatte, und musterte sie so eingehend, wie es das schwache Licht nur zuließ.

Sie war unruhig. Immer wieder rutschte sie auf dem Sessel hin und her, von Müdigkeit keine Spur. Obwohl sie einen weit geschnittenen Pullover trug, konnte ich ihre Figur erahnen. Sie war keines dieser Magerpüppchen, und ich war mir ziemlich sicher, dass alleine daher schon ein guter Teil ihrer Unsicherheit rührte. Interessanterweise störte es mich überhaupt nicht, und das, obwohl ich in meiner bisherigen Vergangenheit ausschließlich eher den dünneren Typ bevorzugt hatte. Vermutlich war es der Magie des Moments geschuldet; den schwachen Lichtverhältnissen und der Gesamtsituation, aber ihr Gesicht wirkte ausgesprochen hübsch auf mich. Sehr weich, feminin. Ihre

Unterlippe war deutlich voller als die Oberlippe, und es wirkte, als hätte sie genau mittig einen kleinen Spalt. Ihre Wangen schienen durchgängig gerötet zu sein, und ihre Augen waren so riesig, dass sie mich in ihren Bann zogen. Die genaue Farbe der Iris konnte ich nicht benennen, sowohl das Licht als auch das große Brillengestell auf ihrer Nase verschleierten den Anblick, allerdings war ich mir ziemlich sicher, dass sie sehr helles, blondes Haar hatte. Selbst in diesem schlechten Licht wirkte es weich, und es juckte mich in den Fingern, eine Strähne zu berühren. Wahrscheinlich jedoch würde ich sie damit so sehr verschrecken, dass sie den Rest der Nacht vor mir flüchtete, und das war es mir nicht wert.

Zumindest vorerst nicht.

Meine Mundwinkel zuckten in die Höhe.

»Also, Amelie«, begann ich langsam. Als ich sah, wie ihre Augen zu mir huschten, sich aber direkt wieder abwandten, wurde mein Grinsen noch breiter. »Was treibt dich so spät noch in die Bibliothek?«

»Diese Frage könnte ich zurückgeben«, murmelte sie leise. Und, Teufel, ich war mir sicher, dass die Röte ihres Gesichts sich noch vertiefte.

Ich wackelte mit den Schultern. »Du hast es ja gesehen, ich bin eingeschlafen. Der Gegenstand meiner Hausarbeit ist besser als Valium.«

»Wieso hast du es dann ausgewählt?« Sie klang dermaßen entrüstet, dass meine Laune um ein Weiteres stieg. Offenbar war Amelie auch noch ein kleiner, idealistischer Streber. Fehlte nur noch, dass sie ihre Brille mit dem Zeigefinger den Nasenrücken hinaufschob.

»Ich möchte wetten, dass du jedes Thema liebst, das du vertiefen musst«, neckte ich sie, ehe ich es verhindern konnte. »Selbst unliebsame Pflichtaufgaben, die du dir niemals freiwillig ausgesucht hättest.«

»Äh.« Langsam wanderten ihre Augenbrauen in die Höhe. »Ich studiere aus Interesse. Ich möchte jeden Aspekt meines Fachs erlernen. Du etwa nicht?«

Ich beschloss, dass diese Frage eher rhetorischer Natur war. Kein Mensch konnte behaupten, dass er jedes Thema zu jeder Zeit mochte. Nicht einmal sie. »Kein Alternativprogramm für heute? Eine Party, zum Beispiel?«

Sie wandte sich ab. »Schon vergessen, was ich bei meinem peinlichen Seelenstrip vorhin verraten habe? Ich habe noch keinen Anschluss gefunden. Das heißt auch, keine Partys.«

Wie schon vorhin, als sie es zum ersten Mal erwähnt hatte, spürte ich Unbehagen in mir aufwallen. Nach über einem Monat noch niemanden kennengelernt zu haben, schien mir ein Ding der Unmöglichkeit zu sein, und doch behauptete sie es. Woran es auch liegen mochte; es musste tiefer gehen. Sie wirkte eigentlich relativ normal auf mich, nicht wie der schräge Eigenbrötler, der jeden sofort verschreckte. Ein bisschen schüchtern vielleicht, aber nicht unsympathisch. »Ja, gut, okay. Aber da wäre eine Party doch der erste Schritt, um etwas an diesem Umstand zu ändern.«

»Genau, weil ich auch einfach ungeladen auf Partys gehe«, gab sie zurück, und sie klang zum ersten Mal ehrlich angefressen. »Noch einmal: Warum schläfst du in der Bibliothek ein, anstatt selber auf Partys zu gehen? Du scheinst sie im Gegensatz zu mir häufiger zu besuchen.«

Erneut ihre Vorurteile. Erneut das dringende Bedürfnis, damit aufzuräumen. Gleichzeitig jedoch schob sich ein Bild vor mein inneres Auge: Ich dachte an Lani, das Mädchen, mit dem ich in den vergangenen Wochen herumgemacht hatte. Bis sie anfing zu klammern, und ich feststellte, dass sie nicht der Typ Frau war, mit dem ich zusammen sein wollte. Die heutige Party fand in dem Wohnheim statt, in dem auch sie wohnte. Eventuell hatte sich dies auf meine

Entscheidung ausgewirkt, aber das würde ich jetzt garantiert nicht aussprechen. »Keine Lust«, antwortete ich also lahm – und viel zu spät.

Sie legte ihren Kopf schräg. »Aha. Keine Lust.«

Es waren nur drei läppische Worte, aber die triggerten mich ausreichend, um nach vorne zu preschen. »Ganz genau. Ich bin nicht der hirnlose Partyboy, für den du mich hältst.«

»Und das beweist du, indem du in der Bib einschläfst?«

Nun wurde ich beinahe ernsthaft sauer; aber nur beinahe. Denn etwas in ihrer Miene hatte sich verändert. Ich schnaubte los. »Machst du dich etwa gerade lustig über mich, Amelie?«

Sie schüttelte so heftig den Kopf, dass es Antwort genug war. Gleichzeitig begannen ihre Mundwinkel zu zucken. Nur ein winziges bisschen, aber es reichte aus. Lächelnd rieb ich mir über den Nacken. »Also gut. Keine Partys für dich, Streberchen. Aber was dann? Ein Freund?«

Nun war sie es, die schnaubte. Ein wenig damenhafter, so entrüsteter Laut, dass ich mir auf die Wange beißen musste, um nicht loszulachen. »Ich weiß gar nicht, was ich sagen soll. Soll ich mich lieber über diesen Spitznamen aufregen, oder soll ich aufstehen und gehen, weil du dich in Dinge einmischst, die dich nichts angehen?«

Oha, es wurde interessant. Unwillkürlich beugte ich mich vor, musterte sie ganz genau, um nicht die geringste Regung zu verpassen. »Ich sehe es so: Wir zwei sind ganz alleine hier, es ist dunkel, und unsere Wege hätten sich niemals kreuzen sollen, wie du ja glaubst. Warum sollten wir also nicht offen miteinander reden?« Ich breitete meine Arme aus. »Irgendwie müssen wir uns doch die Zeit vertreiben.«

Unsere Blicke trafen sich. Ich hatte nicht die geringste Ahnung, ob ich auch nur irgendetwas bewirkt hatte; in diesem Moment erschien mir ihre Miene so rätselhaft wie nie zuvor.

»Kein Freund«, presste sie plötzlich gequält hervor. Es klang, als würden die Worte ihr Schmerzen bereiten, und augenblicklich fühlte ich mich schlecht. Sie wandte sich ab, sah Richtung Fensterfront, wirkte so verschlossen wie nie.

Ich trat mir selbst mental gegen das Schienbein. »Na ja«, sagte ich so lapidar wie nur möglich. »Ich auch nicht.«

Ihr Blick zuckte zu mir zurück.

Ich versuchte mich in einem Grinsen. »Also, kein Freund. Aber auch keine Freundin.«

Im ersten Moment hatte sie noch gewirkt, als würde sie widersprechen wollen, nun jedoch lachte sie prustend los. »Ja, gut. Schön, dass wir darüber gesprochen haben.« Erneut wanderte ihr Blick Richtung Schneetreiben, und ich tat es ihr gleich. Zwar hätte ich sie lieber weiterhin beobachtet, aber ich wollte nicht gruselig rüberkommen oder so. Verdammt, ich verstand nicht, wieso sie überhaupt das Bedürfnis in mir auslöste, sie permanent anzustarren.

Eine Weile lang sahen wir also lediglich nach draußen. Ich konnte nur ahnen, was ihr gerade durch den Kopf ging. Ich selbst dachte an Lani, dachte daran, dass sie so anders war als Amelie – und dass sie nie dieses dringende Bedürfnis in mir ausgelöst hatte, sie tiefer kennenzulernen. Dabei hatte ich bereits viel mehr Zeit mit ihr verbracht als mit diesem verschlossenen Mädchen vor meiner Nase.

Nachdenklich kratzte ich mir am Kopf.

»Kein Freund?«, hakte ich langsam nach. »Niemand, für den du dich interessierst?«

Als sie mich nun ansah, wirkte sie beinahe feindselig. »Wieso interessiert dich das überhaupt?«

Ich hob abwehrend die Hände. »Konversation, mehr nicht.«

Sie schnaubte, sagte aber kein Wort.

Mir kam ein siedend heißer Gedanke. »Moment. Du hattest aber schon einen Freund, oder?«

Okay. Wenn Blicke töten könnten, wäre ich nun vom Sessel gefallen. »Ja!«, fauchte sie mich an, die Arme vor der Brust verschränkt. Ihr Gesicht wirkte ganz fleckig.

Ich wiegte langsam meinen Kopf hin und her. »Das ist ein stinknormales Thema, wieso bist du so aggressiv?«

»Das ist ein *höchstpersönliches* Thema! Wieso interessiert es dich?«

Guter Punkt. Ich dachte gründlich darüber nach, ehe ich antwortete, und doch vollbrachte ich nicht gerade eine verbale Glanzleistung. »Wieso nicht?«

Sie schüttelte den Kopf, den Blick erneut abgewandt. Dabei murmelte sie etwas, das ich kaum verstand.

»Wie bitte?«

Sie schnaubte lediglich.

Ich rutschte auf meinem Sessel nach vorne, bis ich lediglich auf der Kante balancierte. »Nein, im Ernst, was hast du gesagt?«

Als unsere Blicke sich erneut begegneten, gefror mein Innerstes zu Eis. Vielleicht bildete ich es mir nur ein, aber in ihren Augen lag eine Mischung aus Verachtung, Wut, Verletztheit, und irgendwie auch Verwirrung. »Ich sagte, dass dein Interesse an meinem Sexleben sehr erstaunlich ist. Aber vielleicht auch nicht.«

Nun war ich es, der sich verwirrt fühlte. »Was meinst du damit?«

»Ich meine«, begann sie langsam und machte dabei mehr als deutlich, für wie schwer von Begriff sie mich hielt, »dass du mit Sicherheit schon mehr als genug Frauen hattest. Ich kapiere zwar nicht, was du gerade ausgerechnet von mir willst, aber du gehst offenbar deutlich lockerer damit um als ich.«

Es war, als würde ein äußerst unangenehmer Gedanke

an meinem Hintertürchen klopfen, aber nicht hereinkommen, sodass ich ihn nicht fassen konnte. Ich öffnete meinen Mund, aber kein Laut drang über meine Lippen, während ich zu begreifen versuchte, was sie gerade wirklich sagte.

Amelia seufzte auf. »Wie auch immer. Ich sollte -«

»Nein, warte.« Erneut hielt ich sie auf, diesmal jedoch mit meinen Worten, nicht physisch. Sie sah mich aus ihren großen, runden Augen an und berührte damit etwas in mir, von dem ich gar nicht gewusst hatte, dass ich es besaß. »Du klingst irgendwie verbittert.«

Sie schluckte schwer. »Tue ich das?«

»Ganz abgesehen davon, dass du mich permanent in irgendwelche Schubladen steckst, nicht besonders nett über mich redest, obwohl wir uns kaum kennen und ständig versuchst, davonzurennen? Ja.«

»Kein Wunder, weil du mir ja auch tausend Fragen stellst, die dich nichts angehen!«, erwiderte sie laut.

Ich lachte auf. »Was ist denn so schlimm daran, über vergangene Partnerschaften und Hobbys zu reden? Über Sex? Das ist doch das Natürlichste der Welt!«

Ein Zittern durchlief ihren Körper. »Was soll daran natürlich sein? Es ist unangenehm, und es tut weh. Keine Ahnung, wieso alle immer so ein Theater darum machen!«

Es war, als hätte sie mich geradewegs schockgefroren. Entsetzt starrte ich Amelie an; dieses äußerlich betrachtet recht unscheinbare Mädchen, das ich heute zum ersten Mal wahrgenommen hatte. Ihre heftige Reaktion zuvor war vielleicht ein wenig merkwürdig gewesen, aber im Rahmen. Doch diese Aussage – sie fegte meinen Kopf leer, nahm mir jegliche Leichtigkeit. »Was?«

Sie selbst wirkte ebenfalls wie erstarrt, so als könnte sie gar nicht glauben, es ausgesprochen zu haben. Langsam kopfschüttelnd erhob sie sich, reckte abwehrend ihre Hände in die Höhe. Dieses Mal machte ich keine Anstalten, sie aufzuhalten; zu sehr arbeiteten ihre Worte in mir. Sie kniff ihre Augen zusammen, nur kurz, atmete tief durch, ließ dann ihren Kopf sinken.

»Ich gehe jetzt. Und ich will, dass du mir nicht hinterherkommst, kapiert? Vergiss es einfach. Vergiss dieses Gespräch, vergiss, dass wir hier zusammen eingeschlossen waren. Einfach alles. Morgen werden wir uns sowieso nicht mehr kennen.«

Mit diesen Worten verschwand sie zügig zwischen den Regalreihen; ich war viel zu überrumpelt von der Wendung dieses Gesprächs, um sie ernsthaft aufzuhalten.

Verflucht.

Es ist unangenehm, und es tut weh. Was zur Hölle hatte sie erlebt? Und wieso ging sie mir so direkt unter die Haut, obwohl sie mir eigentlich egal sein könnte?

Noch eine ganze Weile starrte ich ihr hinterher, auch noch, als ihre Schritte bereits verklungen waren. Aber ich nahm sie beim Wort, folgte ihr nicht.

Ich machte allerdings auch kein Auge zu in dieser restlichen Nacht.

3

Amelie

Nikolas hielt sich an meine Aufforderung, mir nicht zu folgen, und ließ sich die gesamte verbleibende Nacht über nicht blicken. Vielleicht half es, dass ich mich wieder ins Archiv zurückzog, wo es wirklich stockdunkel war, da es kein einziges Fenster gab, das mir einen Ausblick auf das friedliche Schneegestöber geboten hätte. So wichtig dieser beruhigende Effekt gewesen wäre, mir war die Einsamkeit lieber. Und so verharrte ich, bis langsam wieder Leben in die Bibliothek kam.

Um keine Fragen beantworten zu müssen, beschloss ich, bis sieben zu bleiben und mich dann nach draußen zu schleichen, zumindest, wenn es dann bereits ein paar Besucher gab. So würde ich hoffentlich nicht darauf hinweisen, die Nacht hier verbracht zu haben, und könnte auf direktem Wege verschwinden.

Ich war unglaublich müde.

Pünktlich um sechs flackerten die langen Neonröhren, und ich blinzelte verschreckt in das plötzliche, grelle Licht. Träge rieb ich mir die brennenden Augen, vertiefte mich in ein Buch – oder tat zumindest so – und hoffte, dass mich niemand bemerkte. Erstaunlicherweise entstand bereits kurz nach offizieller Eröffnung der Bibliothek ein recht munteres Treiben in den Hauptsälen. Ich konnte nach draußen huschen, ohne Aufmerksamkeit zu erwecken, und sah Nikolas kein einziges Mal. Nicht, dass ich mich sonderlich viel umgesehen hätte. Mein Blick war die meiste Zeit gen Boden gerichtet.

Zum allerersten Mal, seit ich das Studium begonnen hatte, schwänzte ich meine Kurse. Zum einen hätte es sowieso keinen Sinn gemacht, hinzugehen: Nach einer komplett durchwachten Nacht war mein Denkvermögen auf ein absolutes Minimum geschrumpft.

Zum anderen, und darauf war ich nicht allzu stolz, wollte ich auf gar keinen Fall einem ganz bestimmten Kerl über den Weg laufen. Nicht heute. Nicht jetzt schon. Ich musste erst einmal verdauen, was ich heute Nacht alles von mir preisgegeben hatte. Vor einem mir Fremden, der zu den Lieblingen des Semesters gehörte.

Wie armselig war ich eigentlich? Und, wichtiger noch: Für wie armselig hielt er mich?

Fragen, die ich beantworten oder auch verdrängen musste, und das so schnell wie möglich. Alleine, in meinen eigenen vier Wänden, mit einer Portion Nervennahrung und meiner Lieblings-Playlist auf Spotify.

Ich konnte nur hoffen, dass er Wort hielt. Dass er unsere Begegnung als diese magische einmalige Geschichte betrachtete, als die er sie dargestellt hatte. Was so viel bedeutete wie: Hoffentlich hielt er die Klappe. Bei der Vorstellung, dass plötzlich sämtliche Kommilitonen über mich, meine verzweifelten Versuche Anschluss zu finden und meine eher unschönen Erfahrungen mit Männern Bescheid wussten, wurde mir schlecht.

An diesem Morgen hatte der Schnee nichts Magisches mehr, im Gegenteil. Er rührte einen Schmerz in meiner Brust, den ich lange, lange verdrängt hatte. Mit vorsichtigen Schritten lief ich über den grauen Matsch auf den schlecht geräumten Wegen und versuchte, mich nicht den Erinnerungen zu ergeben, die sich mir machtvoll ins Gedächtnis schoben. Leider war es nicht gerade hilfreich, stattdessen an das peinliche Gespräch der Nacht zu denken, denn ich wurde das Gefühl nicht los, dass ich diesen schmerzlichen Stein damit überhaupt erst ins Rollen gebracht hatte.

Verfluchter Winter. Verfluchter Schnee.

Verfluchter Martin.

Unterwegs sprang ich schnell in einen Supermarkt, deckte mich mit Spekulatius, Kakao aus dem Tetrapak, einer Packung Sushi und Weintrauben ein. In voller Bereitschaft, mir einen dekadenten Tag der Verdrängung zu gönnen – zumindest, sobald ich ausgeschlafen hatte – betrat ich schon wenig später die WG. Ich brauchte nur kurz die Ohren spitzen, um herauszufinden, dass ich alleine war. Nicht, dass es einen solchen Unterschied gemacht hätte. Nachdem ich die Einkäufe kaltgestellt und einen kurzen Abstecher ins Bad gemacht hatte, fiel ich erst einmal für ein paar Stunden in einen komatösen Schlaf.

Gott sei Dank traumlos.

❄

Als ich erwachte, hatten sich die Lichtverhältnisse bereits radikal verändert. Im ersten Moment war ich mir nicht einmal sicher, in welchem Jahrhundert ich mich befand; so erging es mir jedes Mal, wenn ich auf die Idee kam, tagsüber zu schlafen. Normalerweise vermied ich jede Art von Nickerchen, aber heute war eine Ausnahmesituation. Langsam sickerten die Erinnerungen in mein nebelverhangenes Gehirn, und schon im nächsten Moment vergrub ich mein Gesicht tief im Kissen, stöhnte laut und durchdringend los, versuchte, mit dem Bett zu verschmelzen und für immer zu verschwinden.

Keine Chance. Es geschah nicht. Ganz im Gegenteil. Als wollte mein Erinnerungsvermögen mir beweisen, wie gut es funktionierte, projizierte es ein Bild der Nacht vor meine Augen.

Nikolas, der sich den Nacken rieb und mich dabei mit so aufmerksamen Augen musterte, dass sich mein Innerstes zusammenkrampfte. Selbst jetzt, Stunden später, in meinem WG-Zimmer und sicher vor seiner Beachtung, ging mir dieser Blick noch durch und durch. Verdammt nochmal, vermutlich würde ich ihn nie wieder vergessen können.

Seufzend drehte ich mich auf den Rücken und starrte gegen die Decke. Altbau, also weit von mir entfernt. Ich zählte bis zehn, ehe ich es schaffte, mich aufzuraffen. Zwar wäre ich lieber für immer liegen geblieben, aber mein Körper hatte andere Pläne. Eine volle Blase und ein knurrender Magen, beide hatten sie sich gegen mich verschworen.

Noch immer schneite es draußen, allerdings waren die Flocken bedeutend feiner geworden. Morgen wäre sicherlich wieder nicht mehr als Schneematsch übrig, graue Pampe, die für gefährliche Fußwege sorgte.

Ich war nach wie vor alleine, weshalb ich kein Wort reden musste. Obwohl ich es mir in der Küche hätte gemütlich machen können, schnappte ich mir mein Festessen und wanderte zurück in mein Zimmer. Der Plan: Picknick im Bett, Netflix im Hintergrund, Kopf abschalten. Klang im ersten Moment himmlisch. Vermutlich wäre mir die Umsetzung auch wirklich gut gelungen, wenn ich einfach meinen Laptop aufgeklappt hätte. Stattdessen warf ich einen Blick auf mein Handy und sah ein paar Benachrichtigungen von Instagram.

Mehr aus Gewohnheit tippte ich auf die Nachricht, öffnete damit die App ... und im nächsten Moment fiel mir die Kinnlade herunter. Jemand folgte mir seit ein paar Stunden, hatte sogar ein paar meiner Bilder mit einem Like versehen. Verständnislos starrte ich auf das kleine Profilbild.

Verwuscheltes, schwarzes Haar. Ein so verschmitztes Grinsen, dass sich kleine Grübchen in die Wangen gegraben hatten. Und unglaublich intensive, graue Augen.

Nein.

Auf gar keinen Fall.

Wieso?

Ich kapierte es nicht.

Meine erste Reaktion war, mein Handy heftig beiseite zu werfen. Zittrig rieb ich mir durchs Gesicht, widmete mich besonders den Augen und zweifelte an meinem Verstand. Das hatte ich mir doch nur eingebildet, oder?

Von allen möglichen Varianten, wie dieser Tag hätte laufen können, war die Option, dass Nikolas Winter mich bei Instagram ausfindig machte, die unwahrscheinlichste. Und dennoch war es geschehen.

Mehr noch, er folgte mir nun, hatte mit meinen Bildern interagiert. Ein deutlich sichtbares Zeichen, eher für ihn als für mich. In meinem Feed gab es nicht so viele, die sich dafür interessieren würden. Wieso auch. Aber bei ihm?

Verdammt.

Wahrscheinlich war er bereits mit der halben Uni vernetzt. Irgendwer würde spitzkriegen, dass er mich nun kannte. Und dann?

Was sollte ich tun?

Meine Kopfhaut begann zu kribbeln.

So hatte ich mir das nicht vorgestellt. Ich hatte wirklich, wirklich erwartet, dass wir zur Normalität zurückkehren würden, was bedeutete, dass er mich nicht kannte, nicht mit mir redete. Und ich machte mein Ding, fand vielleicht endlich ein oder zwei Gleichgesinnte, verbrachte weiterhin viel Zeit in der Bibliothek – wenn auch nicht mehr so spät – und die Zeit verging. Aber ein einziger Klick hatte diesen geordneten Plan durcheinandergebracht, zumindest redete mein melodramatisches Hirn mir das ein. Vermutlich war die ganze Sache deutlich einfacher. Er sammelte Follower, damit die bedeutungslose Zahl in die Höhe kletterte, und ich war nichts weiter als eine weitere, imaginäre Person auf der Liste.

Dieser Gedanke nahm mir einen Teil der Nervosität. Langsam griff ich wieder nach meinem Handy, öffnete erneut die App und starrte auf sein Profil.

Im Zeitlupentempo tippte ich ebenfalls auf den Folgen-Button.

Was soll's. Es hatte nichts zu bedeuten. Dann war ich halt ein weiterer Follower von vielen. Eine Karteileiche, so wie er bei mir. Absolut ohne jeglichen Mehrwert, eine letzte Auswirkung der Nacht.

Gerade, als ich die App schließen wollte, ging eine neue Nachricht ein.

Hey.

Ich blinzelte dümmlich. Obwohl mein Puls erneut drohte, Rekorde zu brechen, begann ich langsam zu schreiben.

Selber hey.

Gespannt beobachtete ich den Chat, wartete darauf, ob noch einmal etwas kommen würde oder nicht.

Ich habe dich heute vermisst.

Mein rasendes Herz? Es blieb einfach so stehen. Aber mehr noch als Schock breitete sich ein ganz anderes Gefühl in mir aus: Wut. Blind tastete ich nach den Keksen, riss die Verpackung auf und stopfte mir einen in den Mund. Noch immer verflüchtigte sich die rote Energie nicht, also antwortete ich ihm.

Du willst mich wohl verarschen.

Nein, wirklich. Ich meine, in den Kursen. Du warst nicht da, oder?

Ich lachte schnaubend auf, spuckte Krümel übers Bett. Automatisch flutete mich ein peinliches Prickeln. Natürlich hatte er es so gemeint. Nichts Zweideutiges, aber auch kein schlechter Scherz. Einfach nur eine gute Beobachtungsgabe.

Woher weißt du denn auf einmal, in welchen Kursen ich bin?

Deine defensive Art beschränkt sich offenbar nicht nur auf Geiselsituationen. ;-) Im Ernst, du bist nach Hause, oder?

Ja. Ich konnte kaum noch klar denken.

Wegen heute Nacht ...

Lass es einfach. Ich will nicht mehr darüber reden, okay? Zählt nicht gerade zur Liga meiner schönsten Momente. Belassen wir es dabei.

Ich fand es eigentlich ganz aufregend. Zumindest die erste Hälfte.

Was willst du von mir, Nikolas?

Er ließ sich Zeit mit der Antwort. Ein Teil von mir hatte damit gerechnet, aber der andere Teil war von einer pfeilschnellen Reaktion ausgegangen. Er schien sehr schlagfertig zu sein. War es nun gut oder schlecht, dass er zögerte?

Vielleicht fünf Minuten starrte ich den Bildschirm an, wartete darauf, dass neue Wörter im Fenster erschienen, dann wurde es mir zu blöd. Ich öffnete Netflix, suchte eine Serie heraus und entfernte den Deckel vom Sushi. Supermarkt-Fertigware. Luft nach oben, aber schon ganz lecker. Erst, als ich bereit war, zum gemütlichen Teil des Abends überzugehen, schaute ich noch einmal aufs Handy – und erschrak, als ich eine Antwort sah.

Und zwar eine lange.

Vor ein paar Tagen hätte ich die Frage nicht beantworten können. Aber da wusste ich ja schändlicherweise nicht einmal deinen Namen. Um es kurz zu sagen: Ich bin mir selber nicht so richtig sicher, was ich eigentlich will. Und ausführlich: Du gehst mir nicht aus dem Kopf. Die ganze Zeit denke ich an heute Nacht, an deine Worte. Ich hätte mir die Kurse schenken können. Jedenfalls ... ich habe mich gefragt, ob du vielleicht Lust hättest, mal etwas mit mir zu unternehmen. :-)

Du meinst ein Date?

Meine verfluchten Finger waren viel, viel schneller als mein Verstand. Stöhnend plumpste ich nach hinten, knallte mit dem Kopf gegen die Wand und schrie diesmal sogar leise auf. Kurze Zeit später klopfte es an der Tür, was mich heftigst zusammenzucken ließ.

»Alles klar da drinnen?«

Okay, meine Mitbewohnerin war also wieder da, und sie klang sogar nüchtern. »Alles bestens!«, rief ich zurück, vielleicht ein wenig schrill. Dann konzentrierte ich mich erneut auf mein Handy, unterdrückte das Bedürfnis, es gegen die

Wand zu schmettern, und hielt den Atem an. Nikolas hatte geantwortet.

Wenn du es so nennen willst: ja.

Das Geräusch, das nun über meine Lippen drang, war deutlich schwerer zu benennen. Irgendetwas zwischen Unglauben und Entsetzen, Angst und Misstrauen. Ich schloss Instagram, startete die Serie und begann, mich mit Essen vollzustopfen. Erschien mir in diesem Moment wie die beste Lösung.

Verflucht nochmal. Mein Puls wollte einfach nicht aufhören zu rasen.

❄

Am nächsten Morgen hatte ich immer noch nicht geantwortet. Auf dem Weg zur Uni dachte ich pausenlos darüber nach, was Nikolas mir geschrieben hatte. Ich war erst sehr spät eingeschlafen. Zum einen, weil ich tagsüber ein so ausgiebiges Nickerchen gehalten hatte, zum anderen weil ich ständig im Chat hatte nachsehen müssen, ob er noch einmal geschrieben hatte.

Keine Nachricht von ihm, aber der Status unter seinem Namen verriet, dass er online war. Ebenso wie ich bis spät in die Nacht, was mich sehr verwunderte; immerhin hatte er ja offenbar durchgemacht. Erst, als er offline ging, konnte auch ich die Augen schließen, was über die Grenzen normaler Seltsamkeit weit hinaus ging.

Ich fühlte mich erschlagen von meinem so aus dem Lot geratenen Rhythmus, und Nikolas' Nachricht lag mir schwer im Magen. Das und die gesamte Packung Kekse vom Vorabend. Meine Laune war also nicht die beste.

Obwohl, wie bereits vermutet, die Wege von grauem

Matsch bedeckt waren, schaffte ich es ohne Unfall bis in meinen ersten Kursraum. Eine Einführungsveranstaltung stand auf dem Programm; eine, die so wichtig war, dass ich sie gestern niemals hätte sausen lassen. Ich suchte mir einen Platz weiter hinten, obwohl ich normalerweise immer im vorderen Drittel des Saales saß, und bereitete mich auf sehr lange 90 Minuten vor. Zum Glück war das Thema spannend, so würde es mir hoffentlich leicht fallen, nicht direkt einzuschlafen. Gemächlich zog ich meinen Collegeblock hervor und begann, die Kästchen auszumalen, bis der Professor den Raum betreten würde.

»Guten Morgen.«

Eine übertrieben fröhliche Stimme riss mich so heftig aus meinen Träumereien, dass ich leise los quietschte. Meinen Stift warf ich vor Schreck beiseite, und ich wünschte, auf der Stelle verschwinden zu können. Stattdessen wandte ich mich langsam dem amüsierten Lachen rechts von mir zu.

Nikolas. Ja, genau. Er saß neben mir. Und er sah aus, als würde er sich köstlich amüsieren. In den Reihen hinter uns reckten ein paar Leute neugierig ihre Köpfe. Wer konnte es ihnen verdenken?

»Morgen«, zischte ich verspätet. »Was machst du hier?«

Er zuckte, immer noch lachend, mit den Schultern. »Die Einführung besuchen. So wie du.«

Dann richtete er seinen Blick nach vorne, als wäre das hier total normal.

Ich starrte ihn perplex an. »Nein, ich meine du neben mir. Was soll das?«

Langsam, wie in Zeitlupe drehte er seinen Kopf, bis seine stahlgrauen Augen meine trafen. Ich bildete mir ein, in ihnen lesen zu können; und was ich dort sah, deckte sich ziemlich genau mit meinen eigenen Empfindungen. »Wieso musst du alles hinterfragen, Amelie? Was ist so schlimm daran, dass ich neben dir sitze?«

»Die Leute starren«, gab ich zurück, und fühlte mich deshalb augenblicklich armselig.

Seine Mundwinkel zuckten in die Höhe. »Lass sie doch starren. Mir ist das total egal.«

Ich konnte nichts erwidern. Ich konnte es einfach nicht.

»Du schuldest mir übrigens noch eine Antwort«, fuhr er fort, gerade in dem Moment, als der Dozent den Saal betrat. Ich schüttelte lediglich den Kopf und richtete mein Blick auf den winzigen Mann, der lächerlich hätte wirken müssen mit seiner Statur, der Glatze und der skurrilen Brille. Aber er war der kompetenteste Soziologe, den ich bisher kennengelernt hatte, und ich mochte seine Art. Auf gar keinen Fall würde ich mich von Nikolas davon abbringen lassen, seiner Vorlesung zu folgen.

4

Nikolas

So bescheuert es auch klang, aber die Sache begann, mir Spaß zu machen. Wäre ich mir sicher gewesen, dass Amelie mich so schrecklich fand, wie sie mir mit ihrer abweisenden Art und ihren schroffen Antworten weismachen wollte, hätte es anders ausgesehen. Aber ich war überzeugt davon, dass sie nur so tat. Vermutlich überspielte sie ihre Unsicherheit. Unsicherheit, die ich bereits in der Bibliothek bemerkt hatte, als sie bei meinem Anblick hingefallen war; die in ihren Augen gelauert hatte, und die sie nun in Wellen ausstrahlte. Ich musste ihr nicht ins Gesicht sehen, um zu spüren, dass sie nervös war. Und auch wenn ein Teil von mir nicht wollte, dass sie sich blöd fühlte, war ein viel größerer deshalb erleichtert. Denn dadurch nährte sie dieses neue Bedürfnis in mir; den Wunsch, sie kennenzulernen. Die Überzeugung, dass sie mich vielleicht doch nicht so übel fand.

Hoffnungslos. Niemals hatte ich mich für Mädchen wie sie interessiert, und ich kannte sehr wohl all diese schmalzigen Liebesgeschichten, die sich Frauen so gerne antaten. Immerhin hatte ich schon ein paar Beziehungen geführt, und da kam man nicht immer um so etwas herum. Normalerweise hätte ich mich selbst für meine Anwandlungen ausgelacht, aber irgendetwas ließ mich zögern.

Ich musste der Sache einfach auf den Grund gehen, so unerwartet, wie mich diese Situation getroffen hatte. Selbst wenn ich mir deshalb nachher eine Menge würde anhören müssen, nicht zuletzt von Lani, die gestern zutiefst beleidigt war, weil ich mich lieber in der Bib hatte einschließen lassen als zur Party zu kommen (ihre Überzeugung). Verflucht, wahrscheinlich war sie es immer noch.

Aber das war mir egal.

Als der Kurs sich dem Ende neigte, bemerkte ich, wie Amelie erneut unruhig wurde. Immer wieder warf sie mir Seitenblicke zu; eine willkommene Abwechslung, nachdem sie die letzten achtzig Minuten damit verbracht hatte, starr geradeaus zum Prof oder auf ihren Block zu gucken. Ein Block, der alles andere als vorbildlich vollgekritzelt war. Keine Spur von säuberlichen Notizen, wie ich es vermutet hätte. Normalzustand, oder ein weiterer Hinweis auf ihre Nervosität? Ich verkniff mir, nachzufragen, und tat es ihr stattdessen gleich, meine Sachen zusammenzupacken.

Genau pünktlich zum Ende der Vorlesung schoss sie in die Höhe. Zum Glück war ich vorbereitet. Als ich ebenfalls aufstand und sie sich augenblicklich an mir vorbeischob, folgte ich ihr auf dem Fuße. Ihr Blick, den sie mir über die Schulter hinweg zuwarf, befand sich irgendwo zwischen Irritation und Unglaube, und ich lächelte sie breit an.

»Hey, Niko, kommst du mit?«, rief mir jemand aus der letzten Reihe zu; Fred, einer meiner engeren Kumpels. Ich schüttelte nur mit dem Kopf und ignorierte sein ungläubiges Gemurmel, während ich Amelie nach draußen in den breiten Flur folgte.

»Ja, wieso gehst du nicht mit ihm mit?«, zischelte sie vor sich her; leise, aber nicht leise genug, als dass ich es hätte überhören können.

Ich lachte auf. »Meine Güte. Man braucht schon ein ordentliches Ego, um mit dir mithalten zu können.«

Sofort warf sie mir einen verunsicherten Blick zu, den

ich mit einem Zwinkern quittierte. »Du hast so eine Art, weißt du?«

Ihre Augenbrauen wanderten in die Höhe. Und die ganze Zeit über eilte sie den Flur hinab, ohne auch nur einen Schritt langsamer zu werden.

Ich folgte ihr, ohne darüber nachzudenken. »Na ja, hast du schonmal darüber nachgedacht, dass du selber auch dazu beiträgst, keinen Anschluss zu finden?«

Sie blieb so abrupt stehen, dass ich beinahe stolperte, und funkelte mich empört an. Direkt hinter ihr befand sich ein riesiges Fenster mit Blick auf den Campus, und ihr hellblondes Haar wirkte, als wäre es beleuchtet. Nun, bei Tageslicht, konnte ich ihre wahre Augenfarbe perfekt erkennen: Ein so klares Blau, dass es mir den Atem raubte. Selbst die Brille änderte nichts daran, auch wenn mir das Gestell für ihr so sinnliches Gesicht viel zu wuchtig vorkam. Sie war schön. Entgegen allem, was sie vielleicht glaubte oder was ich noch vor zwei Tagen gedacht hätte – sie war wirklich wunderschön, auf sehr natürliche, berührende Art und Weise. Ehe ich es verhindern konnte, hob ich meine Hand und fuhr mit den Fingerkuppen über ihre Wange. Obwohl mich ihr Blick eben noch durchbohrt hatte, flatterten nun ihre Lider, und ein Hauch von Rosa überzog ihre Wangen.

»Du wirkst, als würdest du alle auf Distanz halten wollen, Amelie aus der Bibliothek. Wie gut, dass ich mich davon nicht beirren lasse.« Ein Kloß formte sich in meiner Kehle; einer von der bedrückenden Art, der schnell peinlich werden konnte. Eilig versuchte ich, die Situation mit einem dummen Spruch aufzulockern. »Na ja, mein Ego ist groß genug, um mit deiner frechen Art klarzukommen, also – hey!«

Ein sehr beherzter Schlag gegen den Oberkörper, beinahe ein Stoß, brachte mich fast aus dem Gleichgewicht. Obwohl Amelie mich nach wie vor anfunkelte, sah ich jedoch, wie ihre Mundwinkel zuckten. »Lass mich einfach in Ruhe, Nikolas. Ich verstehe dich und dein merkwürdiges Interesse an mir nicht. Geh doch einfach, wohin auch immer du sonst gehen würdest. Ich habe keine Zeit für so etwas.«

Zugegeben, die Worte klangen ziemlich hart, aber ich sah, ich *spürte*, dass sie unfreiwillig belustigt war. Dennoch beschloss ich, an dieser Stelle nachzugeben – für den Moment. Ich würde ihrem Rat ganz sicher nicht folgen; wenn ich jetzt bereits kapitulierte, hatte ich nie wirklich vor, sie näher kennenzulernen. Mein Gefühl sagte mir jedoch, dass sie eine Grenze hatte, und der näherte ich mich gerade bedrohlich. Also lieber einen Gang zurückschalten.

Aber erst ...

»Okay.« Grinsend machte ich einen Schritt nach vorne, zog Amelie in meine Arme und legte meine Lippen an ihr Ohr. »Für heute lasse ich es sein. Aber glaub ja nicht, dass dies hier vorbei ist. Du schuldest mir erst noch eine Antwort.«

Mit diesen Worten ließ ich sie stehen, in dem vollen Bewusstsein, dass die Runde an mich gegangen war.

Was sie sah: Wie ich mit großen Schritten den Flur in jene Richtung hinuntereilte, aus die wir gekommen waren. Mein folgender Kurs fand woanders statt. Was sie nicht sah: Mein breites Grinsen, die überaus gute Laune und das Gefühl, einen wichtigen Punkt in einem Strategiespiel ergattert zu haben. Machte das Sinn? Nicht wirklich. Aber das war mir eigentlich auch egal.

❄

Die Woche verging ohne weitere, besondere Vorkommnisse. Amelie ging mir ganz offensichtlich aus dem Weg. Besuchten wir den gleichen Kurs, wählte sie einen Platz, der so weit wie möglich von meinem entfernt war, und wich meinen Blicken kontinuierlich aus. Bei Instagram ging sie offline, sobald ich online kam, und auch sonst tat sie alles, was in ihrer Macht stand, um nicht auf meinem Radar zu erscheinen. Offensichtlich war ihr nicht klar, dass sie es damit nur noch schlimmer machte. Ich traute ihr nicht ein solches Maß an Berechnung zu, dass sie all das bewusst durchzog, um genau dies zu erreichen; um mein Interesse an ihr zu steigern. Die Mischung ihrer Verhaltensweisen ließ mir gar keine andere Wahl.

Ihre so eindeutige, abfällige Kategorisierung von mir, ihre schroffe Art, die im krassen Gegensatz zu ihrer Unsicherheit stand. Ihre Aussagen über ihre Einsamkeit – und, verflucht nochmal – über Sex. Sie war ein wandelnder Widerspruch, der sich in meinem Bewusstsein eingenistet hatte und nicht mehr von dort verschwinden wollte.

Je mehr sie mir aus dem Weg ging, desto dringlicher wollte ich sie kennenlernen. Ich wollte dieses eine Date, um das ich sie gebeten hatte, doch sie blieb mir eine Antwort schuldig.

Immerhin kein »Nein«, redete ich mir ein.

Natürlich blieb das meinen Freunden nicht verborgen. Allesamt kannte ich sie erst seit diesem Semester, uns verband also noch keine besondere Tiefe, aber sie kannten mich doch ausreichend, um zu spüren, dass mich etwas beschäftigte. Natürlich dauerte es nicht lange, bis die Ersten auf Amelie aufmerksam wurden. Fred hatte uns bereits in der Vorlesung gesehen, allerdings hatte er da nicht viel mehr als ihre Rückansicht wahrgenommen, und er war nicht so oberflächlich, um mich darauf anzusprechen, dass sie bereits auf den ersten Blick ... anders aussah als die meisten Mädchen, mit denen ich mich sonst abgab.

Die anderen waren da weniger subtil, und schon bald

bekam ich die ersten PNs mit einer Verlinkung zu ihrem Profil und eindeutigen Aussagen, allem voran von Lani.

Das ist nicht dein beschissener Ernst, oder? Du könntest mich haben und interessierst dich stattdessen für Miss Piggy? Was stimmt nicht mit dir?

Genau das war der Zeitpunkt, an dem ich mir mental auf die Schulter klopfte, weil ich bereits vor der schicksalhaften Nacht in der Bibliothek beschlossen hatte, das mit ihr zu beenden, ehe es ernst wurde. Spätestens jetzt hatte sie endgültig bei mir verschissen.

Am Freitagabend hatte Fred zu sich geladen. Ein gechilltes Beisammensitzen, labern, einen Film im Hintergrund laufen lassen. Wahrscheinlich würden wir wieder ein ganzer Haufen werden, und mit Sicherheit ginge es irgendwann in die Stadt. So war es bisher jedes Wochenende. Typisches Studentenleben. Obwohl ich einerseits Bock hatte, mich mit den anderen zu treffen und eine weitere vergangene Woche entspannt abzuschließen, ertappte ich mich doch bei dem Gedanken an andere Alternativen. Ich spielte sogar mit der Option, abends noch einmal in der Bib vorbeizuschauen. Aber was hätte ich gesagt, wenn ich Amelie tatsächlich getroffen hätte? Wirklich Lust, dort den ganzen Abend zu pauken, hatte ich ja doch nicht.

Ich ließ es also bleiben.

Freds WG besaß ein riesiges Wohnzimmer, in das drei vollkommen durchgesessene, aber sehr bequeme Sofas gequetscht waren und dazu ein paar dieser Sitzsäcke, in denen man gerne saß, aber nie wieder rauskam. Ich hatte es mir in einem von ihnen bequem gemacht und versuchte, wenigstens etwas von dem Fußballspiel mitzubekommen, das auf dem riesigen Fernseher lief, während um mich herum ne Menge Zeug gequatscht wurde.

Zwischendurch zog ich immer wieder mein Handy hervor, für den unwahrscheinlichen Fall, dass Amelie mir geschrieben hatte. Beim dritten Mal beschloss ich, dass es Zeit wurde, wieder aktiv zu werden. Ich sah, dass sie gerade online war, öffnete unser Chatfenster, und schickte ihr eine geistreiche Nachricht.

Hi Streberchen.

»Erwischt!«

Die Stimme klang eine Spur zu selbstgefällig; irritiert blickte ich auf und sah direkt in die Augen von Magnus, einer der Jungs, die mich bereits die ganze Woche mit stichelnden Kommentaren genervt hatten. Er saß neben mir auf der Couch, daher leicht erhöht, und hatte offenbar schamlos auf mein Handy gestarrt. Ich zog meine Augenbraue in die Höhe und erwiderte seinen Blick so kühl wie möglich. »Ach ja? Wobei denn?«

Sein Grinsen wurde breiter. »Du hast ihr geschrieben.«

»Wem?«

Er schnaubte. »Na dem Mädchen, das dir von jetzt auf gleich den Kopf verdreht hat. Wieso auch immer.«

»Was genau willst du damit sagen?« Ich hatte noch mehr als deutlich Lanis abfällige Worte im Kopf, weshalb ich augenblicklich auf der Hut war. Offenbar war mein Ton eindeutig, denn Magnus‘ Miene veränderte sich sofort.

»Nichts, ehrlich, Mann. Es kommt einfach nur so plötzlich.«

»Wem sagst du das?«, erwiderte ich, mehr zu mir selbst. Aus dem Augenwinkel sah ich, wie mein Display aufleuchtete, weshalb ich das Interesse an Magnus verlor, und dieses Mal wurde mein Flehen erhört. Wieso auch immer, aber offenbar hatte Amelie beschlossen, mich heute Abend nicht mehr länger zu foltern.

Halt die Klappe.

Mehr nicht. Ich musste herzhaft lachen. Natürlich lenkte das noch mehr Aufmerksamkeit auf mich. Obwohl ich gerade nichts lieber getan hätte als mich auf einen kleinen Schlagabtausch mit Amelie einzulassen, sperrte ich den Bildschirm und begegnete den neugierigen Blicken der Jungs.

»Was läuft da eigentlich zwischen dir und der Kleinen?«, fragte Fred mich zuerst.

Nachdenklich sah ich ihn an. Die ehrliche Antwort? Bisher nahezu gar nichts. Abgesehen davon, dass wir gemeinsam in der Bibliothek eingeschlossen waren, sie mir ein paar unfreiwillige, persönliche Details verraten hatte, und mir seitdem aus dem Weg ging? Nicht viel. Ein paar halbernst gemeinte Beleidigungen, ablehnendes Verhalten, dumme Sprüche. Genau genommen nicht gerade eine gemeinsame Basis.

Aber irgendwo fing es schließlich an. Und wer wollte denn gleich konkret werden?

Ich beschloss, wenigstens halbwegs bei der Wahrheit zu bleiben. »Nicht viel. Ich finde sie ganz interessant, das ist alles.«

»Interessanter als Lani?«, warf jemand ein, den ich als einen ihrer Mitbewohner einordnete. Er wirkte ziemlich verblüfft.

Ich funkelte ihn herausfordernd an. »Jepp. Hast du etwas dagegen einzuwenden?«

Er zuckte nur mit den Schultern, und allgemein hatte ich den Eindruck, als würde sich die Stimmung im Raum verändern.

»Geht mir doch nicht so auf den Sack. Was ist denn so erstaunlich daran, dass ich mit ihr schreibe?« Also, mehr oder weniger.

»Ich weiß nicht«, warf Fred diplomatisch ein. »Vielleicht der Umstand, dass bisher keiner von uns wusste, dass sie überhaupt existiert?«

Wow. Ich spürte ein unangenehmes Ziehen in der Magengrube. Das war es, nicht wahr? Ihr Problem. Das, wovon sie geredet hatte. Sie wurde nicht wahrgenommen. Ihre abweisende Art war nichts weiter als ein Schutzpanzer, eine Reaktion darauf, dass man sie einfach nicht sah.

Aber wieso? Diese Frage konnte ja nicht einmal ich beantworten. Langsam drehte ich das Handy hin und her, konnte nur schwer gegen das Bedürfnis ankämpfen, mich wieder auf das Display zu konzentrieren. Stattdessen ließ ich meinen Blick mit zusammengekniffenen Augen einmal durch die Runde schweifen, ehe ich bei Fred hängenblieb. »Weißt du eigentlich, wie scheiße das klingt?«

Er zuckte tatsächlich schuldbewusst zusammen. »Alter, ich kann doch nicht jeden an der Uni kennen.«

»Aber wir besuchen ein paar Kurse zusammen. Ich find‘s mies, dass ich sie vorher überhaupt nicht wahrgenommen habe, dafür erst mit ihr in der Bibliothek eingeschlossen werden musste.« An dieser Stelle gab es ein paar Lacher; die meisten fanden die Geschichte urkomisch. Ich würde sie vermutlich auch noch besser finden, wenn ich Amelie nicht irgendwann derart verjagt hätte. So hinterließ der Gedanke an jene Nacht eher zwiespältige Gefühle; einerseits Aufregung, aber auch ein unangenehmes Kribbeln. »Wie auch immer. Spielt ja keine Rolle.«

»Dann bring sie doch einfach mal mit«, warf jemand anderes ein. Mein Blick schoss zur Seite. Im ersten Moment fiel mir sein Name nicht ein, aber er wohnte in einem der Studentenheime, wo regelmäßig Partys stattfanden. »Dann lernen wir sie auch kennen. Scheinbar ist sie es ja wert.«

»Ja«, erwiderte ich lahm. Das war es; genau das hatte ich in jener Nacht zu ihr gesagt. Auf Partys würde sie Anschluss finden. Und das hier war eine offizielle Einladung; indirekt, über mich zwar, aber eine Einladung. Warum also begeisterte mich der Gedanke plötzlich nicht mehr sonderlich?

Offenbar war das Interesse der anderen jetzt vorerst abgeflaut; ich stand nicht mehr im Zentrum und konnte daher getrost mein Handy zücken. Einzig Magnus neben mir blickte mich wissend an.

»Ist was?«, zischte ich genervt.

Er hob beschwichtigend die Hände. »Ne, mach du mal. Frag sie, ob sie Zeit hat, nächstes Wochenende zu kommen. Äh, du weißt schon -«

Ehe er wirklich noch versuchen konnte, einen zweideutigen Witz zu machen, nickte ich ihm knapp zu. Ein kurzer Blick zum Fernseher offenbarte mir, dass ich nichts verpasst hatte, also sank ich noch tiefer in den Sack, sah auf mein Handy und konzentrierte mich auf das, wonach mir bereits die ganze Zeit der Sinn stand: Ich öffnete den Chat erneut.

Im ersten Moment fühlte ich einen kleinen Stich, sie schien nicht mehr online zu sein.

Dennoch antwortete ich ihr.

War das lange genug?

Mein Herz machte einen Satz nach oben, als ich sah, wie das grüne Lämpchen neben ihrem Namen wieder aufleuchtete. Es dauerte nur wenige Augenblicke, ehe sie mir antwortete.

Du hast jetzt nicht wirklich dagesessen, die Klappe gehalten und darauf gewartet, dass es reicht, oder?

Ich verkniff mir ein Grinsen.

Und wenn ich sage, dass es genauso abgelaufen ist?

Dann glaube ich dir nicht.

Okay. Zu Recht. Eigentlich sitze ich mit ein paar Leuten zusammen, die mich alle damit aufgezogen haben, dass ich dir schreibe.

Kaum war die Nachricht abgeschickt, wurde mir bewusst, wie sehr sie missverstanden werden konnte. Ich begann, eilig eine Erklärung zu tippen, doch zwischenzeitlich ging ihre Antwort ein und ließ mich innehalten.

Kein Wunder, ich kapiere es ja selber nicht.

Mein Kiefer mahlte. Ungeduldig löschte ich das bisher Geschriebene.

So war es nicht gemeint. Es ging eher darum, dass es so plötzlich kam – ach, wie auch immer. Du wurdest übrigens auf die nächste Wohnheimparty eingeladen. Dein offizieller Startschuss, um mehr Leute kennenzulernen. Gehen wir zusammen hin?

Anstatt mir zu antworten, ging sie offline. Diese Reaktion hätte mich weitaus mehr irritieren sollen, als es tatsächlich der Fall war. In meinem Kopf spielte sich eine sehr lebhafte Szene ab: Eine, bei der sie vor Schreck ihren Bildschirm sperrte und hyperventilierend auf dem Bett saß. Obwohl es mir deutlich lieber gewesen wäre, wenn sie mir begeistert zugestimmt hätte, fand ich diese Vorstellung weitaus passender. Und sie brachte mich zum Lächeln.

Mein Bauchgefühl sagte mir, dass sie antworten würde. Dieses Mal war ich mir sogar noch sicherer als nach meiner ersten Frage. Das musste ich auch, denn ich wusste nicht, ob mein Ego es zulassen würde, dass ich sie ein drittes Mal nach einem Date fragte. Ich schob also die Möglichkeit beiseite, dass es damit enden würde, konzentrierte mich auf das gute Gefühl, dass dieser kleine Schlagabtausch in mir ausgelöst hatte, und schob das Handy beiseite. Den Rest des Abends widmete ich mich dem, wieso ich eigentlich hier war: Fußball, die Jungs, der Spaß. So, wie ich es normalerweise mochte.

5
Amelie

Am Anfang stufte ich es als eine kurzweilige Verwirrung ein. Dann glaubte ich, er hielte es für einen Scherz. *Spielen wir mal mit dem naiven, dicken Außenseiter. Sobald sie glaubt, dass ich sie wirklich mag, lasse ich die Bombe platzen, haha.*

Doch je mehr Zeit verging, je länger er seine Hartnäckigkeit bewies, desto mehr geriet meine Überzeugung ins Wanken, bis ich diejenige war, die sich total verwirrt fühlte. Wieso sonst blieb er am Ball?

Wieso hatte er mich bereits zweimal gefragt, ob ich mich mit ihm treffen würde? Er hatte mich auf eine Party eingeladen, was bedeutete, dass ihm unser Gespräch in der Bibliothek sehr wohl im Gedächtnis geblieben war.

Darüber konnte ich nicht glücklich sein. Gleichzeitig jedoch fühlte ich deshalb ein leichtes Kribbeln in der Magengrube.

Ich fühlte mich, als würde ich geradewegs in mein Verderben rennen. Was anderes konnte es doch gar nicht bedeuten, wenn jemand wie Nikolas sich plötzlich für mich interessierte. Es *konnte* doch nur in die Hose gehen.

Das ganze Wochenende über versuchte ich, mich von seiner letzten Nachricht abzulenken. Ich unterhielt mich sogar mit meiner Mitbewohnerin, die zum ersten Mal überhaupt annähernd klar wirkte. Ich erfuhr, dass ihr Zustand nicht etwa mit Feierwut zu tun hatte, sondern vielmehr mit einem frisch gebrochenen Herzen. Und zack – hatten wir eine Basis, auf die sich aufbauen ließ. Wir kochten gemeinsam (Nudeln mit Soße) und landeten auf der Couch in ihrem Zimmer, wo wir stundenlang redeten. Ich durfte sie nun offiziell Becca nennen und begann, sie zu mögen – bis sie herausfand, dass ich irgendwie an Nikolas geraten war.

Sie lachte schrill auf. »Nicht im Ernst. Du meinst Nikolas Winter, diesen heißen, schwarzhaarigen Kerl aus dem ersten Semester?«

»Aus meinem Semester? Ja, genau den.« Zurückhaltend sah ich sie an. »Wieso? Was ist los?«

Nachdenklich spielte sie mit einer Strähne ihres dunklen Haares. »Was wäre, wenn ich dir erzähle, dass er -«

»Dein Ex ist, der dein Herz gebrochen hat?«, unterbrach ich sie stöhnend. »Oder nein, warte. Dein Bruder? Dein Vater? Dein – aua!« Empört rieb ich mir über die schmerzende Seite. Dort hatte sie mir soeben beherzt hineingepikst.

Sie verzog ihre Miene. »Ich glaube, du warst mir lieber, als wir uns aus dem Weg gegangen sind. Du hast eine ganz schön große Klappe.«

Ich verkniff mir jede Antwort, rieb noch einmal demonstrativ über die schmerzende Stelle und verdrehte die Augen. Okay, vielleicht beschränkte ich mich auch einfach auf nonverbale Konversation.

»Ich habe einen jüngeren Bruder, der mit ihm befreundet ist. Magnus. Er redet ziemlich viel Mist und hat eine große Klappe, aber im Großen und Ganzen ist er okay. Ich habe die beiden zusammen abhängen gesehen.«

»Und dabei ist Nikolas dir aufgefallen«, stellte ich fest.

»Klar. Er ist ja auch ein echter Hingucker, oder nicht? Also, erzähl mir mehr. Was läuft da?«

»Nichts«, erwiderte ich schulterzuckend. Dann jedoch fasste ich die Geschehnisse knapp zusammen. Diverse Kleinigkeiten, wie zum Beispiel meine ganz persönlichen Bekenntnisse aus jener ersten Nacht, behielt ich vorsorglich für mich. Mit Nikolas wusste bereits eine Person zu viel Bescheid. Becca hörte mir aufmerksam zu, nickte an den richtigen Stellen und lächelte zum Schluss breit.

»Ich finde, das klingt ziemlich gut.«

»Ich finde, das klingt schräg. Er hat mich vorher nicht einmal wahrgenommen und nun will er mit mir ausgehen? Auf eine Party? Wo alle uns zusammen sehen? Er gehört ganz anderen Kreisen an als ich, und -«

»Jetzt mach aber mal einen Punkt, Amelie! Du klingst, als würde es hier ein Kastensystem geben. Und ist dir eigentlich klar, dass es meistens so abläuft? Ehe man jemanden kennenlernt, weiß man in der Regel nicht, dass er existiert. Freu dich doch einfach, dass ein sexy Kerl wie er sich für dich interessiert!«

Ich konnte ihr nicht sagen, dass dies ein echtes Problem für mich darstellte. Mich ihr zu öffnen und ihr zu verraten, wie schlecht es um mein Selbstbewusstsein bestellt war, sobald ein Kerl ins Spiel kam; einer, der nicht gerade hässlich wie die Nacht oder ein absoluter Vollidiot war, stand einfach nicht zur Debatte. Es einfach nur auf meine Komplexe zu schieben, wäre zwar leicht gewesen, aber mich beschlich das Gefühl, dass Becca es nicht dabei belassen würde. Vielleicht hätte sie wirklich lieber dieser WG-Geist bleiben sollen.

Vielleicht begann mein Leben jedoch endlich, sich zum Guten zu wenden. Ich hatte mir Kontakte gewünscht. Anschluss. Nun hatte ich immerhin eine Mitbewohnerin, die greifbar wurde. Und ich hatte einen heißen Typ, der unbedingt mit mir ausgehen wollte, wieso auch immer.

Darauf ließ sich doch aufbauen, nicht wahr?

Am Sonntag beschloss ich, es darauf ankommen zu lassen. Den halben Nachmittag schob ich es vor mir her, aber als ich schließlich an den Schreibtisch ging, um mich um ein bisschen Unikram zu kümmern, zog ich als erstes mein Handy hervor. Ich tippte auf die App, ging in den Chat mit Nikolas ... und verließ ihn wieder. Dann öffnete ich ihn erneut. Verdammt, jetzt oder nie.

Wann genau findet die denn statt? Ich bin ein sehr beschäftigter Mensch, also ...

Als hätte er beinahe zwei Tage auf diese Nachricht gelauert, begann er noch im selben Moment zu antworten. Ich wusste nicht, ob mich dieser Umstand freuen oder eher abschrecken sollte.

Kommenden Samstagabend. Ich nehme an, da hast du Zeit? Es sei denn, du bist erneut zu einer langen Nacht in der Bibliothek verabredet ;-)

Dieser Arsch. Meine Mundwinkel zuckten unfreiwillig in die Höhe. Das stellte er mit mir an. Er versetzte mich in Unbehagen, gleichzeitig jedoch reizte er mich dazu, aus mir herauszukommen, frech zu sein und Spaß zu haben. Auch wenn ich jedes Mal aufs Neue nach einem Konter nicht fassen konnte, dass ich es wirklich getan hatte.

So auch jetzt.

Ich bin noch am Überlegen. Das letzte Mal hat mir so gut gefallen. Wer verbringt nicht gerne eine Nacht mit neugierigen Fremden, die einen auch im Anschluss nicht in Ruhe lassen? Wozu Partys, wenn man auch so an Kontakte kommt?

Hmmm. Heißt das, du willst unser Date lieber zwischen dunklen Regalreihen abhalten?

Ich fand es im Dachgeschoss eigentlich auch ganz nett ... bis du zu viele Fragen gestellt hast.

Touché.

Eine Weile lang starrte ich auf den Chat, erfüllt von einer rastlosen Energie und mit so rasendem Herzen, dass mir schwindelig war. Als hätte eine fremde Macht Besitz von mir ergriffen, schickte ich mit Nikolas Winter Nachrichten hin und her. Sobald ich ihn aber in der Uni sah, wusste ich, dass ich kein Wort herausbringen würde, ohne rot zu werden und mich innerlich zu winden. Wie also um alles in der Welt sollte ich mit ihm zu einer Party gehen, ohne mich für den Rest meines Lebens zu blamieren?

Also, wegen der Party ...

Wenn man vom Teufel sprach.

Bist du dabei? Ich könnte dich abholen und wir fahren zusammen hin.

Von mir aus muss man nicht fahren. Bis zum Studentenheim sind es nur wenige Minuten zu Fuß.

Umso besser, dann lasse ich den Wagen bei dir stehen. PS: Das werte ich als ein Ja. Und ich dulde keine Rückzieher. Bis morgen, Streberchen!

Mit diesen Worten ging er offline, ließ mich sprachlos zurück. Stöhnend vergrub ich mein Gesicht in den Händen. Ich hatte nicht die geringste Ahnung, wie ich diesen Abend überstehen sollte. Die ganze Woche. Einfach alles. Meine einsame Anonymität war irgendwie ... einfacher.

❄

Schon als ich am Montag das Unigelände betrat, spürte ich, dass etwas anders war. Vielleicht bildete ich es mir nur ein, aber ... es gab Gerede. Ein paar Leute sahen mich an. Sie sahen nicht durch mich hindurch, wie ich es gewohnt war, sie sahen mich *an*. Nicht jeder wirkte dabei feindselig oder argwöhnisch. Manch einen Blick hätte ich nach wie vor als neutral bezeichnet, ein wenig Neugierde gehörte auch dazu. An der einen oder anderen Stelle sah ich sogar Mundwinkel nach oben zucken.

Das war schräg.

Natürlich sprach ich hier nur von einer Handvoll Leute. Es war nicht so, als würde sich die Menge plötzlich vor mir teilen wie damals das Meer für Moses. Aber um ehrlich zu sein – nach all den einsamen Wochen war es für mich eine große Sache.

Ich wusste nur noch nicht, was ich davon halten sollte. Ganz offensichtlich hing es ja nicht gerade mit meinem eigenen Zutun zusammen.

Ich musste an Becca denken, die mir gestern Abend, als wir uns noch einmal in der Küche über den Weg gelaufen waren, gesagt hatte, dass alles gut werden würde. Ja, genau. Ich hatte ihr verwirrt zugenickt, mir noch eine Milchschnitte aus dem Kühlschrank geholt und mich dann wieder verzogen. Heute kreisten ihre Worte unaufhörlich durch meinen Kopf, während ich den Weg quer durch das Hauptgebäude in den hinteren Trakt zurücklegte. Normalerweise hätte ich auch einen Trampelpfad draußen nehmen können, aber es schüttete nur so, seit ich die Augen aufgeschlagen hatte, und mein Bedarf an Regentropfen im Nacken war ausreichend gedeckt.

Als ich die kleine Treppe hinabstieg, die mich in den wesentlich älteren Teil des Komplexes führte, in dem die

Soziologieveranstaltungen stattfanden, blieb ich wie erstarrt am Fußende stehen.

Direkt vor mir, vielleicht zehn Meter den Flur hinab, stand niemand anderes als Nikolas. Nicht etwa alleine und wartend, sondern inmitten einer kleinen Traube von Kommilitonen; allesamt von der Fraktion »unerreichbar«. Er warf den Kopf in den Nacken, lachte herzlich, wirkte vollkommen in seinem Element. Dann rammte ihm jemand zu seiner Linken den Ellenbogen in die Seite, und als Nächstes wandte er seinen Kopf direkt in meine Richtung.

Unsere Blicke trafen sich. Er, noch immer mit diesem breiten Lachen im Gesicht, mit funkelnden Augen, wild zu Berge stehendem Haar und unverschämt gutaussehend in seiner gefütterten Nappa-Lederjacke. Ich, ziemlich nervös, pitschnass, weil ich gedacht hatte, das Stück vom Bus zur Uni würde ich schon ohne Schirm schaffen, mit quietschenden Gummisohlen und hundert Fragezeichen im Kopf.

Das werte ich als ein Ja. Und ich dulde keine Rückzieher. Bis morgen, Streberchen!

Seine Miene veränderte sich. Nicht zum Negativen; da blitzte keine Schadenfreude auf, keine Häme oder irgendetwas in der Art. Nein. Kleine Fältchen bildeten sich in seinen Augenwinkeln, sein Lachmund wurde schmaler, veränderte sich zu einem eher privat wirkenden Lächeln, und er legte den Kopf schräg. Irgendetwas murmelte er der Truppe zu, die sich daraufhin nahezu geschlossen in meine Richtung drehte und eine tiefe Röte in meinem Gesicht provozierte.

Nikolas setzte sich in Bewegung, kam mir entgegen.

Er kam mir entgegen.

Augenblicklich verschnürte sich meine Kehle. Ich hatte keine Ahnung, was ich sagen, wie ich reagieren sollte. Gestern hatten wir uns verabredet. Er kam zu mir, unter den

Augen all seiner Freunde, die mich nie zuvor wahrgenommen hatten. Alles wird gut? Danke, Becca, aber in diesem Moment hatte ich vielmehr das Gefühl, als würde meine kleine, überschaubare Welt aus den Fugen geraten. Ich war noch unsicher, ob ich darüber wirklich glücklich war. Denn Nikolas ... war mir eine Nummer zu groß. Das spürte ich mit aller Deutlichkeit, während er auf mich zu geschlendert kam, die Hände in den Hosentaschen versenkt, immer noch mit diesem Lächeln im Gesicht.

Viel zu groß.

»Guten Morgen, Streberchen.« Kurz vor mir blieb er stehen, traf mich vollkommen unvorbereitet, indem er seine Finger hob und an einer meiner nassen Strähnen zog. »Gibt es noch eine Stelle an dir, die trocken ist?«

Anstatt eine tolle, lustige, taffe Erwiderung rauszuschmettern, begann ich, vollkommen hirnbefreit herumzustammeln. Einen Minischritt trat ich nach hinten, stieß dabei aber nur gegen die unterste Stufe der Treppe und geriet ins Straucheln, weshalb er mich am Arm griff und stabilisierte. Sein Lächeln wurde breiter.

»Bist du bereit für *Abweichendes Verhalten*?«

Ah, ja. Ein gemeinsames Seminar, das aufgrund des hohen Interesses eher eine Art Vorlesungscharakter hatte. Tatsächlich gehörte es zu meinen liebsten Veranstaltungen, weshalb ich mich jeden Montag gerne früh in die Uni schleppte. Natürlich besuchten wir diesen Kurs gemeinsam. Wieso auch immer mir das nur für eine Sekunde entfallen konnte. Augenblicklich schoss mir eine Erinnerung ins Gedächtnis; wie wir vergangene Woche gemeinsam Bücher aus dem Regal gezogen und über dieses Thema diskutiert hatten. Scheinbar ging es mir nicht alleine so; ein Schleier huschte über sein Gesicht, und im nächsten Moment sah er mich anders an. Intensiver. Das Grau seiner Augen bohrte sich förmlich in mich.

Ich schluckte fest, ehe ich ein kleines Nicken zustande brachte.

Er starrte mich noch immer so durchdringend an. »Prima. Ich auch. Wieso kommst du nicht mit?« Lässig deutete er mit seiner Rechten hinter sich, wo die kleine Gruppe Jungs stand, zu der er eben noch gehört hatte. Bei der Vorstellung, mich dazuzugesellen, wurde mir beinahe schlecht.

»Also eigentlich -«

»Die Frage war rhetorisch.« Sein Lächeln nahm etwas Entschlossenes an. Dann griff er nach meiner Hand und führte mich zurück zu seinen Freunden.

An der Hand.

Meine Hand, die eben noch kalt und feucht gewesen war, begann plötzlich zu brennen. Mein Herz drehte durch, beförderte in einem so rasenden Tempo Blut durch meine Adern, dass ich es in den Ohren rauschen hörte. Mir war total klar, dass ich mich jetzt völlig blamieren würde. Immerhin hatte ich es nicht einmal geschafft, mit ihm unter vier Augen ein normales Wort über die Lippen zu bringen.

Nun erreichte ich die Gruppe total unvorbereitet.

»Jungs, darf ich vorstellen? Das ist Amelie.« Nikolas hob einmal unsere Hände, was mir in diesem Moment viel zu bedeutungsschwer vorkam. »Amelie, das sind Fred, Lukas, Higgs und Magnus.«

Ich stolperte über den Namen Higgs, doch bei Magnus horchte ich auf. Während die anderen ein paar Worte der Begrüßung murmelten, blickte ich ihm direkt in die Augen. »Magnus? Bist du der Bruder von Becca?«

Seine zurückhaltende Miene veränderte sich augenblicklich, seine Augenbrauen schossen in die Höhe, seine Lippen teilten sich. »Äh, ja. Woher kennst du sie?«

Ich versuchte mich in einem Lächeln. »Wir wohnen zusammen ...«

»Ist nicht dein Ernst.« Magnus lachte auf. Es war eines dieser befreienden Lacher, die eine Mischung aus Belustigung und Erleichterung ausdrückten. »Becca hat ein bisschen von dir erzählt. Ihr versteht euch ganz gut, oder?«

»Äh.« Ich versuchte zu entscheiden, ob dies wirklich zutraf; immerhin sprachen wir erst seit ein paar Tagen so richtig miteinander. Aber das auf nette Art und Weise, also nickte ich. Magnus wirkte ziemlich erfreut.

Er liebte seine Schwester, wurde mir sofort bewusst. Sie standen sich nahe. Das war gut zu wissen, und vor allem schaffte es eine Verbindung zwischen uns, die nicht ganz so peinlich angespannt war. Wir begannen, ein wenig über seine Schwester zu plaudern. Er hatte ein paar lustige Geschichten auf Lager, einige Tipps, wie ich ihr Wohlwollen gewinnen oder sie zum Ausflippen bringen konnte. Ich speicherte jede einzelne Info ab, weil es Spaß machte, und vergaß dabei beinahe Nikolas‘ wachsamen Blick oder auch den Umstand, dass er noch immer meine Hand hielt. Erst, als sich unsere Finger trennten, merkte ich auf. Ein kurzer, fragender Blick in sein Gesicht offenbarte mir ein überraschendes Schmollen. Meine Augenbrauen wanderten in die Höhe.

»Was zur Hölle mache ich falsch?«, murmelte er mir angesäuert zu.

Mein Mund klappte überrascht auf. »Was meinst du?«

Seine Augen wanderten nach unten; ganz sicher hinab auf meine Lippen. Instinktiv verschränkte ich die Arme vor der Brust, konnte jedoch nichts gegen die Hitze tun, die in mir aufkam. Er schnaubte leise. »Wir kennen uns nun schon ein paar Tage und ich versuche wirklich alles, und doch kannst du mit Magnus lockerer umgehen und reden, obwohl du ihn gerade erst kennengelernt hast, während du bei mir kaum ein Wort über die Lippen bekommst. Was also mache ich falsch?«

Schock überrollte mich in heißen Wellen, und ich erstarrte vollkommen. Aus dem Augenwinkel sah ich, dass Magnus grinsend die Augen verdrehte, sich dann aber jemand anderem zuwandte; Fred glaubte ich. Niemand schien uns noch zu beachten. Obwohl wir inmitten des geschäftigen Flures vor einem Seminarraum standen, war es, als gäbe es nur uns zwei. Das machte die Situation allerdings nicht gerade leichter. Unbehaglich begann ich, mit den Schultern zu zucken. »Es ist, na ja, er ist der Bruder meiner Mitbewohnerin ...«

»Das ist nicht alles«, unterbrach er mich milde. Dann lächelte er mich vorsichtig an. »Ich glaube eher -«

Was auch immer er glaubte, es ging in der rauschenden Ankunft des Professors unter, der mit einem lauten Rasseln seines Schlüsselbundes an die Tür trat. Ich wandte mich augenblicklich von Nikolas ab, gleichermaßen froh über die Unterbrechung und voller Angst, dass er mich zurückhalten und weiterreden würde, doch das tat er nicht. Er folgte mir einfach gemeinsam mit den anderen Studenten in den Raum, sogar bis in eine der Sitzreihen, und ließ sich auf dem Platz neben mir nieder. Seine Freunde taten es ihm gleich und belegten den Rest der Reihe, was zur Folge hatte, dass ich mich von ihnen eingekesselt fühlte. Ich saß auf dem Platz an der Wand und würde mich an ihnen allen vorbeischlängeln müssen, wollte ich vorzeitig den Kurs verlassen. Nicht, dass ich das vor hatte ... aber trotzdem. Mit wild pochendem Herzen kramte ich Block und Stifteetui aus meiner Tasche und begann, die leeren Quadrate anzustarren.

»Hey.« Nikolas stupste mich lächelnd an. Ich warf ihm einen blitzschnellen Blick zu; zumindest war das der Plan. Als ich seinen Augen jedoch begegnete, blieb ich einfach so hängen und atmete scharf ein. Wieso sah er so eindringlich aus? Was nur wollte er ausgerechnet von mir?

»Was ist?«, brachte ich langsam hervor. Gott, ich klang so dämlich, wie ich mich fühlte.

Sein Lächeln wurde breiter. »Ich mache dich nervös, das ist das Problem.«

Ich wollte protestieren, doch jeglicher Laut blieb in meiner Kehle stecken. Stattdessen riss ich mich mühsam von seinem Blick los und konzentrierte mich auf den Professor, der vorne seine Stellung bezog und an dem Mikro herumfummelte, das bei einem normal besuchten Seminar nicht nötig gewesen wäre. Ich spürte, wie Nikolas sich zu mir beugte, und bekam bereits eine Gänsehaut, ehe sein Atem die Haut an meinem Ohr streifte.

»Schon okay, das kriegen wir in den Griff. Ich freue mich darauf.«

Ich blickte starr geradeaus, reagierte nicht auf seine Worte, reagierte eigentlich auf gar nichts mehr, während Teile meines Körpers verzweifelt versuchten, wieder zu funktionieren. Sich zu erinnern, wie das ging. Atmen zum Beispiel, oder denken. Gar nicht so leicht, wenn man Nikolas‘ Anwesenheit so überdeutlich neben sich spürte.

Nach dem Seminar trennten sich unsere Wege, aber anstatt deshalb erleichtert durchatmen zu können, lud er mich dazu ein, mittags ihn und die anderen in die Mensa zu begleiten. Ich murmelte etwas von einem Referat und lief davon, ohne mich noch einmal umzudrehen.

Den Rest des Tages über hatte ich keinen gemeinsamen Kurs mit ihm, aber einen mit Magnus, der mich wie selbstverständlich zu sich winkte. Zögerlich folgte ich seiner Aufforderung. Es war gar nicht so übel wie befürchtet, denn die meiste Zeit schwiegen wir und lauschten dem Professor. Keine Überraschungen. Nur am Ende fragte er mich, ob ich am Wochenende zur Party kommen würde. Ich ging davon aus, dass er die meinte, zu der Nikolas mich mitnehmen wollte, und nickte. Magnus lächelte. »Versuch bitte, Becca zu überreden, dass sie auch kommt, ja? Würde ihr bestimmt guttun.«

Ich verkniff mir jeglichen Kommentar darüber, dass es ihr wahrscheinlich gerade guttat, nicht mehr so viel zu feiern und zu trinken, nickte nur und verabschiedete mich dann von ihm. Für mich war für heute Feierabend angesagt, und ich plante, diesen in der Bibliothek zu verbringen. Die langen Regalreihen und der Duft von alten Büchern und Druckerschwärze beruhigte mich augenblicklich.

Der Dienstag verlief ähnlich. Irgendwann kreuzten sich immer unsere Wege. Böse Zungen konnten in Frage stellen, wie es ihm nur möglich gewesen war, mich zuvor nicht wahrzunehmen, wo wir doch derart viele Überschneidungen hatten. Hatten wir ein gemeinsames Seminar, saß er neben mir; die Luft verknappte sich jedes Mal erstaunlich. Vielleicht auch, weil unsere gemeinsame Nacht der Gefangenschaft nun eine Woche her war oder weil seine intensiven Augen so unvermittelt auf mir lagen, wann immer ich einen Seitenblick wagte.

Ich konnte es mir einfach nicht erklären.

Erst am Donnerstag sprach er die Party wieder an, und das auch nicht persönlich, sondern im Chat. Keine Ahnung, wieso er diesen Weg wählte, wo er doch mehr als genug Möglichkeiten gehabt hätte, mich von Angesicht zu Angesicht mit seinen Plänen zu konfrontieren. Vielleicht hatte er geahnt, dass mich das Thema stressen würde. Oder er glaubte, mir auf diese Art weniger Optionen zu lassen. Wir hatten jedoch beide bereits bewiesen, wie einfach wir einem Gespräch ausweichen konnten, indem wir einfach offline gingen, und ich war bereit, erneut Gebrauch von dieser Möglichkeit zu machen. Nervös blickte ich auf seine Nachricht. Ich war noch immer nicht sonderlich mit Instagram warmgeworden, doch jegliche Interaktion verlegte sich mehr und mehr auf dieses Medium. Die zwei kleinen Wörtchen »Jetzt aktiv« unter seinem Nicknamen (nicht, dass nikolas_winter ein sonderlich einfallsreicher war) stressten mich. Genauso gut hätte dort auch »Ich warte auf deine Antwort« stehen können.

Seufzend las ich erneut seine Nachricht.

Hey, du musst mir noch verraten, wo du wohnst, damit ich weiß, wo ich Samstag den Wagen abstellen kann ;-) Hast du schon mit der Abgabe für die Einführungsveranstaltung angefangen?

Mit dem Anflug eines schlechten Gewissens dachte ich an die Arbeit der letzten Tage. Jeden Abend hatte es mich in die Bibliothek getrieben, weshalb ich bereits mehr als die Hälfte geschafft hatte. Ganz sicher würde ich ihm das nicht unter die Nase reiben. Ich wollte ihn nicht auch noch darin bestätigen, mich weiterhin Streberchen zu nennen, selbst wenn der Name einen wahren Kern hatte. Endlich konnte ich mich durchringen, ihm zu antworten.

Ja, der Anfang steht. Ist eigentlich halb so wild, glaube ich. Stimmt, du hast ja gar keine Ahnung, wo ich wohne. Wenn ich also einen Rückzieher machen will, muss ich einfach den Mund halten. Dann hast du keine Ahnung, wo du mich einsammeln kannst. Richtig?

Die Aktivitätsanzeige unter seinem Namen war zwischendurch umgesprungen, doch kaum hatte ich die Nachricht abgeschickt, war er bereits wieder online und ich bekam die Benachrichtigung, dass er meinen Text gelesen hätte. Mit angehaltenem Atem wartete ich darauf, dass er mir antwortete.

Dann begann er zu schreiben.

Ich wollte jetzt einen Streberspruch bringen, aber dann fängst du noch an zu glauben, dass ich das ernst meine. Daher halte ich die Klappe. Und was den Rest angeht: träum weiter. Wie es der Zufall so will, wohnst du mit der Schwester eines Kumpels zusammen. Ich glaube, herauszufinden wo du wohnst, wäre noch die kleinste Herausforderung.

Mein Herz hörte einfach auf zu schlagen. Anders konnte ich dieses seltsame Gefühl in meiner Brust jedenfalls nicht beschreiben, diese plötzliche Leere, die sich auszudehnen drohte, gefolgt von einem Prickeln auf der Kopfhaut, das meine Wirbelsäule hinab schoss. Mein Blick wanderte zur Tür, so als könnte ich auf dem Weg direkt zu Becca blicken, die bereits seit einer Stunde in der Badewanne lag. Dummerweise hatte ich keinen Röntgenblick – oder zum Glück. Seufzend sah ich zurück zu meinem Handy und zuckte zusammen, als ich bemerkte, dass Nikolas mir eine weitere Nachricht geschrieben hatte.

Wenn du wirklich nicht willst, musst du es nur sagen. Ich zwinge dich zu nichts, Amelie. Das würde ich niemals tun. Wir könnten uns auch einfach einen Abend zu zweit machen. Oder, wenn dir das lieber wäre, gar nichts zusammen unternehmen. Was ich persönlich jedoch sehr bedauern würde. Sag einfach, wie es dir am liebsten ist.

Ein leiser, quietschender Laut drang über meine Lippen. Der Druck auf meiner Brust lüftete sich und meine Mundwinkel wanderten ein Stück in die Höhe. Ob bewusst oder nicht, er hatte gerade genau die richtigen Worte gewählt. Indem er mir das Gefühl gab, eine Wahl zu haben, bekam ich zumindest den Eindruck, Kontrolle über diese wahnsinnige, überfordernde Situation zurückzugewinnen. Und das wiederum gab mir Mut.

Nein, wir können hingehen. Du hast es ja selbst gesagt, nur so lerne ich Leute kennen.

Was ich nicht schrieb: Davor hatte ich plötzlich wahnsinnige Angst. Selbst wenn es diese Woche ganz gut mit Magnus geklappt hatte, und auch mit Becca. Aber ein riesiges Wohnheim voller fremder Leute war nun einmal eine andere Hausnummer ... Eilig tippte ich weiter.

Ich wohne in der Rosengasse 3a. Du kannst bei Richter klingeln. Oder ich komme einfach raus, ist vielleicht einfacher ...

Seine Antwort kam umgehend.

Nein, nein. Wenn ich dich schon abhole, kannst du mich sehr gerne erst in deine Wohnung bitten. Ich finde das nur fair. ;-) Okay, ich bin um acht bei dir. Vor neun brauchen wir nicht auf der Party erscheinen. Ich muss jetzt los zum Training. Hab noch einen schönen Abend – zur Abwechslung vielleicht einfach mal zuhause, mit Nichtstun? :-P

Empört beschloss ich, dass er keine Antwort verdiente. Andererseits ... mich durchströmte ein seltsames Gefühl. Eines, dass mich dazu trieb, etwas ganz Spontanes zu tun ... wie ein Doppeltipp auf seine Nachricht, wodurch diese mit einem Herz markiert wurde.

Ich atmete keuchend aus. Hatte ich das gerade wirklich getan? Schon im selben Moment fühlte ich mich deshalb paralysiert vor Schock; ich hatte keine Chance, diese dumme Aktion rückgängig zu machen. Ich hatte eine Nachricht von ihm geherzt. Ich. Von Nikolas. Oh verdammt nochmal, das war wirklich der Gipfel an Blödheit! Ich tat das einzig Sinnvolle, schloss die App, ging offline und versuchte zu verdrängen, was ich gerade getan hatte.

Den Rest des Abends konnte ich mich nicht entspannen. Ich konnte aber auch nicht arbeiten. Eigentlich war ich in erster Linie ruhelos, wanderte durch mein Zimmer, trank einen Liter Pfefferminztee und lief deshalb noch spät in der Nacht aufs Klo.

Schon jetzt war ich froh, wenn das Wochenende vorbei war.

6
Nikolas

Ich stellte nicht in Frage, wieso ich Amelie so anziehend fand, im Gegensatz zu anderen Leuten in meinem Umfeld. Die meisten waren taktvoll genug, ihre Klappe zu halten. Und manche fanden sie sogar ganz nett, Magnus zum Beispiel. Noch heute musste ich darüber schmunzeln, dass Amelie ausgerechnet mit seiner Schwester zusammenwohnte.

Während ich den Wagen durch die Stadt lenkte und in eine schmale Parklücke in der Rosengasse quetschte, dachte ich darüber nach, was ich mir von diesem Abend erhoffte.

Offensichtlich wollte ich Zeit mit Amelie verbringen. Und so reizvoll es auch gewesen wäre, mit ihr alleine zu sein, freute ich mich doch, dass ich sie auf eine Party führen konnte, denn meiner Meinung nach war es absolute Verschwendung, dass kaum jemand sie bisher kannte. Ich mochte ihren klaren Verstand und ihre spitze Zunge, und ich war überzeugt davon, dass es vielen anderen genauso ergehen würde, wenn sie sie erst einmal kennenlernten. Außerdem machte es Spaß zuzusehen, wie sie mehr und mehr aus sich herauskam, selbst wenn sie mir gegenüber nach wie vor unsicher und schreckhaft war, sobald wir außerhalb von Instagram in Kontakt traten.

Merkwürdigerweise war ich sogar etwas nervös, während ich die hundert Meter bis zu ihrem Wohnhaus lief. Schon komisch, denn ein solches Gefühl hatte mich noch nicht oft erfasst; zumindest nicht, wenn es um ein Treffen mit einem Mädchen ging. Aber ich hatte bereits nach dieser gemeinsamen Nacht in der Bibliothek bemerkt, dass ich im Zusammenhang mit Amelie nicht auf Altbewährtes und Vertrautes zurückgreifen konnte. Sie war anders als alles, was ich bisher erlebt hatte. Anstatt dass mich dieser Umstand nervte oder gar abschreckte, zog er mich jedoch unwiderstehlich an. Da war dieses Gefühl. Ganz leicht, kaum spürbar eigentlich, aber es war da. Die Triebfeder meiner Handlungen, meiner Versuche, sie näher kennenzulernen. Zwar hatte in mir noch nie ein ausgesprochener Romantiker gesteckt, aber ich konnte das Bedürfnis einfach nicht abschütteln, diesem Gefühl auf die Spur zu gehen.

Also stand ich nun hier, vor einem abgenutzt, aber gemütlich aussehenden Mehrfamilienhaus, suchte die Klingelschilder ab, bis ich auf Wagner/Richter stieß, und drückte dreimal kurz auf den kleinen Knopf daneben. Keine fünf Sekunden später summte es lautstark, und ich schlüpfte durch die breite Holztür hinein in einen alten Hausflur.

Auf dem Weg hinauf in den zweiten Stock räusperte ich mich ein paar Mal, atmete tief durch, wischte meine Handflächen an der grauen Jeans ab und schluckte die Nervosität hinunter.

Es gab nur zwei Wohnungstüren. Instinktiv wandte ich mich der rechten zu. Noch ehe ich irgendetwas tun konnte, wurde diese bereits geöffnet. Nicht besonders schwungvoll, eher langsam und zögerlich. Kurz darauf erschien ihr Gesicht in dem entstandenen Spalt. Als Erstes fielen mir ihre roten Wangen auf, ein Anblick, an dem ich mich einfach nicht sattsehen konnte. Sie wirkte angespannt, aber ihre Mundwinkel zuckten, und als unsere Blicke sich trafen, schob sie die Tür weit genug auf, um mir Einlass zu gewähren.

Augenblicklich atmete ich scharf ein. »Wow!« Mein Blick glitt über ihre Erscheinung. Eben noch hatten mich ihre rosa Wangen umgehauen, aber jetzt gab es einiges mehr, worauf meine Augen sich konzentrieren konnten. Es war nicht so, als wäre sie zuvor in Lumpen herumgelaufen, aber ich hätte ihren bisherigen Stil eher als lässig bezeichnet. Chucks, Bluejeans, figurumspielende Oberteile. Das hier war neu. Eine schwarze, eng sitzende Hose, dazu ein schwarzes Top mit Spitze im Brustbereich und an den Armen und kleinen weißen Punkten. Sie hatte roten, glitzernden Schmuck angelegt und trug dazu flache Ballerinas. Alles in allem war sie verdammt sexy. Spätestens heute, so war ich mir sicher, würde jeder einsehen, warum jemand wie sie einem Hungerhaken vorzuziehen war. Ich konnte mich gar nicht von ihren Rundungen lösen.

»Ich, ähm ... ja. Komm rein.« Sichtlich unbehaglich trat sie beiseite und riss mich dadurch aus meinem Bann. Peinlich berührt, weil ich so schamlos gestarrt hatte, schob ich mich an ihr vorbei, kam aber nicht umhin, meine Hand auszustrecken und an ihrer Taille entlang über ihren Bauch gleiten zu lassen.

»Gut siehst du aus«, murmelte ich lächelnd.

Sie zuckte unter meiner Berührung zusammen, was ich sehr erfrischend fand.

»Danke, du auch«, presste sie hervor. Die Wohnungstür fiel hinter uns ins Schloss, und wir standen einander gegenüber.

»Also, du befindest dich im Flur unserer WG«, begann sie langsam. »Da geht es in die Küche und von dort aus weiter in Beccas Zimmer. Hier ist das Bad« – sie deutete locker auf die angelehnte Tür links von uns –, »und dort mein Zimmer. Willst du irgendetwas trinken?«

»Nein danke. Zeig mir dein Reich. Ich bin gespannt, ob du so wohnst, wie ich mir das vorgestellt habe.«

Wie erhofft erntete ich einen zögerlich-empörten Blick. Sie ging voraus, was mir eine hübsche Aussicht auf ihren Hintern bescherte. Hypnotisiert sah ich dabei zu, wie er sanft hin und her wiegte, und schluckte trocken.

Ja, ich erhoffte mir mehr von diesem Abend als lediglich ihr Ticket zu mehr Bekanntheit zu sein. Auch wenn ich tief in mir drin nicht glaubte, dass sie mich nur dazu nutzte – dafür hatte sie sich viel zu sehr gesträubt und war allgemein längst nicht so berechnend – keimte da doch ein kleiner Zweifel. Aber den schob ich energisch beiseite, schaffte Platz für etwas, das mir gerade viel wichtiger erschien: Die Anziehungskraft, die sie definitiv auf mich ausübte.

Ich beschloss, ihr ein wenig auf den Zahn zu fühlen.

»Also, dann lass mal hören. Entspricht es deinen Vorstellungen?« Ihre forschen Worte überspielten nicht gänzlich ihre Nervosität; und als sie dann auch noch auflachte, wurde mir klar, wie unsicher sie wirklich war. Ich biss mir auf die Wange, um ein Grinsen zu verkneifen, und legte meine Hand auf ihren unteren Rücken. Augenblicklich wurde sie steif unter meiner Berührung, aber ich ließ mich nicht beirren. Stattdessen rückte ich sogar noch ein Stück näher, nahm ich ihr Zimmer unter die Lupe und stieß einen leisen Pfiff aus.

»Um ehrlich zu sein, nein.«

Sie warf mir einen Seitenblick zu. Dann trat sie einen Schritt nach vorne, unterbrach dadurch unsere Verbindung. Ich ließ ihr diesen Freiraum, immerhin hatte ich noch den ganzen Abend Zeit, um unsere Grenzen auszutesten. Stattdessen lief ich ein wenig umher. »Ich hätte es mir nüchterner vorgestellt.«

»Du meinst, mehr wie von einem Streber«, warf sie lakonisch ein.

Ich lachte auf. »Ertappt. Das hier ist anders. Gemütlicher. Nicht, dass ich einen kahlen Raum erwartet habe –

hey!« Eilig wich ich ihrem Schlag aus, doch zu spät. Sie traf mich nicht gerade sanft am Oberarm. Grinsend rieb ich die Stelle, plumpste dann auf das Ende ihres einsvierziger Bettes. Mit geschmackvoller, weicher Bettwäsche. Alles wirkte so mädchenhaft. Lichterketten, ein riesiges Regal, über und über gefüllt mit bunten Buchrücken, eine zarte Orchidee, eine Pinnwand mit Bildern. Mein Blick blieb an den Fotos hängen; auf keinem einzigen war Amelie alleine. Nur Freundinnen, und ein älterer Mann, der deutliche Ähnlichkeit zu ihr aufwies. Vermutlich ihr Vater. Sie folgte meinem Blick und atmete tief durch.

»Schulzeiten. Die meisten sind sonst wo gelandet. Wir schreiben viel, wollen uns auch besuchen. Aber wer weiß …«

Der Schmerz in ihrer Stimme war überdeutlich. Ich seufzte, griff ihre Hand und zog sie neben mir auf die Bettkante. »Heute sorgen wir dafür, dass du noch mehr Leute kennenlernst. Warte es ab, du wirst sie genauso umhauen wie mich.«

Unsere Blicke trafen sich. Sie sog scharf die Luft ein, und ich bemerkte, wie ihre Lider ein wenig flatterten. »Umhauen? Dich?«, brachte sie leise hervor. Vielleicht waren die Worte nicht für mich gedacht, aber ich hörte sie. All meinen Mut nahm ich zusammen und strich einmal vorsichtig mit den Fingerkuppen über ihre Wange.

»Ich kann nicht aufhören, an dich zu denken. Es ist, als wäre in jener Nacht etwas mit mir geschehen.«

Nun riss sie ihre Augen weit auf. Überraschung, Unglaube, aber auch etwas anderes spiegelte sich in ihnen wider.

Ich legte nach. »Was meinst du, warum ich nicht aufgegeben habe? Ich will dich kennenlernen, was ist daran so verwunderlich?«

»Alles?«, brachte sie wispernd hervor. Obwohl es mich

ärgern sollte, ging ich einfach darüber hinweg, senkte meinen Blick auf ihre Lippen. Ich sah, wie sie sich leicht öffneten, wie die untere, vollere leicht zitterte. Und dann, dann schoss ihre Zungenspitze pfeilschnell hervor, leckte über das hellrote Fleisch und die kleine Spalte in der Mitte.

In meiner Hose begann es zu zucken.

»Äh, also -« Wie aus dem Nichts sprang sie auf die Füße, geriet ins Straucheln. Ich war noch nicht bereit dazu, wollte nicht, dass sie sich von mir entfernte. Meine Hand schoss nach vorne, und ich griff nach ihrem Arm, zog sie zurück zu mir, nutzte ihr wackeliges Gleichgewicht zu meinen Gunsten. Im nächsten Moment schon landete sie auf meinem Schoß. Ein rauer Laut des Widerstands entkam ihren Lippen, aber ich ließ nicht zu, dass sie erneut davon sprang, genoss ihre Wärme, ihre Nähe, alles. Kurz schloss ich meine Augen, atmete tief durch, nahm ihren Geruch in mir auf, den ich vage als Parfüm einordnete; eines, das mir nicht unbekannt war.

Ich mochte es.

Scheiß drauf, schoss es mir durch den Kopf. Wir sind nur einmal jung.

Ich schlang meine freie Hand um ihren Nacken, nutzte ihre momentane Verwirrung, ihre fehlende Widerstandskraft, und dirigierte ihr Gesicht so, dass ich problemlos ihren Mund erreichen konnte. Einmal probieren, mehr wollte ich gar nicht. Herausfinden, ob ihre vollen Lippen so süß schmeckten, wie ich vermutete. Testen, ob sie den Kuss erwidern oder erschreckt zurückweichen, ob sie sich freuen oder vielmehr nach mir schnappen würde.

Was auch immer – ich tat es einfach. Folgte meinem Instinkt. Als unsere Lippen sich wenige Augenblicke später berührten, war es, als würde etwas in meinem Kopf explodieren. Die Synapsen oder was auch immer, es kam zu einem Kurzschluss, der mich einfach alles vergessen ließ.

Meinen Vorsatz, sie nur kurz zu küssen.

Mein Ziel, mit ihr diese Party zu besuchen.

Den Umstand, wie flüchtig wir uns erst kannten.

Den wahren Grund, wieso sie mich so anzog – den kannte ich selbst noch nicht genau.

Alles, was ich spürte, war dieses unglaubliche Kribbeln, das sich in mir ausbreitete, angefangen bei unseren Lippen, über meine Wirbelsäule hinab bis in jeden Zentimeter meines Körpers. Oh Gott, es fühlte sich so *richtig* an! Ich spürte auch, wie sie entsetzt Luft einsog, wie sie sich auf meinem Schoß verkrampfte, ihr Mund zunächst reglos und starr war. Doch dann, dann … es war, als würde jegliche Spannung aus ihr weichen. In jenen Bruchteilen einer Sekunde, in denen sie entschied, ob sie zurückweichen oder mitmachen würde, wählte sie mich, nicht die Flucht, und mit einem Mal pressten sich ihre Lippen fester gegen meine. Obwohl sie noch immer relativ steif auf meinem Schoß saß, erwiderte sie meinen Kuss. Nicht mit Leidenschaft. Nicht voller Inbrunst. Eher vorsichtig, testend. Aber es reichte mir. Es reichte mir, verdammt, denn in diesem Moment hatte ich eine sehr wichtige Grenze ausgelotet.

Und die versetzte mich in aufregende Unruhe.

Viel schneller, als mir lieb war, endete der Kuss. Amelie begann, auf meinem Schoß herumzuzappeln, und da ich sie nicht unter Druck setzen wollte, ließ ich sie los. Sehr zu meinem Bedauern sprang sie sofort auf, blieb aber händeringend vor mir stehen. Mit Genugtuung sah ich, wie heftig ihr Brustkorb sich bewegte, dass die Röte in ihrem Gesicht sich vertieft hatte. Außerdem starrte sie verlegen zu Boden. Sie war die perfekte Mischung aus Unschuld und Verführung, und das Beste daran? Offenkundig hatte sie keine Ahnung. Alles an ihr war echt und natürlich, und ich war schon jetzt total verrückt danach.

Lächelnd erhob ich mich. Instinktiv war mir klar, dass

ich ihr jetzt etwas Freiraum lassen musste, um sie nicht völlig zu verschrecken, also trat ich an ihr Bücherregal und begann, die Titel zu überfliegen. »Ich glaube, ich könnte doch etwas zu trinken gebrauchen.«

Sie räusperte sich trocken. »Okay, ich ... äh. Ich habe Wasser da. Oder Milch. Und ich glaube -«

»Wasser klingt gut«, unterbrach ich sie lächelnd, ehe sie noch mehr an Fassung verlor. Ihre Anspannung war niedlich, aber ich wollte nicht, dass sie unnötig litt.

»Okay.«

Kurz darauf verschwand sie aus dem Zimmer. Ich atmete tief durch, rieb mir durch das Gesicht und rief mir das Gefühl ihrer Lippen auf meinen in Erinnerung. Als ich mir vorgenommen hatte, die Grenzen ein wenig auszuloten, war mir nicht direkt in den Sinn gekommen, sie zu küssen. Aber was sollte ich sagen?

Ich bereute es nicht. Keine einzige Sekunde.

Schritte kündigten ihre Rückkehr an. Ich wandte ihren Büchern den Rücken zu, nahm mir jedoch vor, sie irgendwann genauer zu inspizieren, denn entgegen ihres Mädchenzimmers und den vielen Liebesromanen gab es doch auch einige Bücher über Kriminalfälle und Profiling. Sie sah mir immer noch kaum in die Augen, während sie mir ein Glas reichte, aber unsere Finger berührten sich dabei, und das ließ sie erneut scharf einatmen. Beinahe empfand ich Mitleid für sie. Wenn sie jedes Mal so heftig reagierte, sobald es zu einem Kontakt kam, würde das ein sehr langer Abend für sie werden.

»Also«, begann ich fröhlich. »Bist du bereit für eine ausgelassene Party?«

Endlich sah sie mich an, wenn auch kurz. Zweifel blitzte in ihren Augen auf, sie nippte an ihrem eigenen Glas und sank dann auf ihren Schreibtischstuhl. »Ich weiß nicht.«

»Du brauchst keine Angst zu haben. Es geht nur darum,

Spaß zu haben. Nicht, irgendwelche Prüfungen zu absolvieren.« Langsam trat ich zu ihr, lehnte mich gegen die Schreibtischkante. Zu meiner großen Freude hob sie ihr Gesicht und begegnete meinem Blick.

»Das sagt sich so leicht. Für dich ist es vielleicht so. Aber für mich ...«

Ich atmete tief durch. »Ehe du hergezogen bist, hattest du einen Haufen Freunde, nicht wahr?«

Sie nickte zögerlich.

»Und du hattest keine Probleme, mit ihnen umzugehen?«

Ein weiteres Nicken.

Ich legte all meine Zuversicht in mein Lächeln. »Sei so wie damals. Sei, wie du bist. Wieso sollte es jetzt anders sein als früher? Nur weil du einen blöden Start hattest -«

Sie lachte schnaubend auf. »Meinst du damit den Umstand, dass ich es nicht geschafft habe, Anschluss zu finden, oder dass ich erst vor deinen Augen auf den Hintern fallen musste, damit du mich wahrnimmst?«

Ihre Worte schnitten einmal quer durch meinen Brustkorb, und ich musste zunächst tief durchatmen, ehe ich darauf reagieren konnte. Zu sehen, wie sich ihre Augen vor Schock weiteten, weil sie vermutlich nie geplant hatte, diese Worte auszusprechen, machte es nicht unbedingt besser. Ich unterdrückte das Bedürfnis, sie zu berühren, schob stattdessen meine Hände in die Hosentaschen. Mein Blick landete in ihrem Dekolleté, was auch nicht gerade hilfreich war, und heftete sich schließlich auf ihre Knie, die unruhig zuckten. »Ich gebe gerne zu, dass ich nicht unbedingt glücklich darüber bin, dass ich dich erst auf diese Weise kennengelernt habe. Dennoch habe ich die Nacht in guter Erinnerung. Immerhin bin ich jetzt hier, nicht wahr?« Ich hob meinen Blick, begegnete ihrem. »Und ich fand es sehr schön, dich zu küssen.«

Wie zu erwarten war, weiteten sich ihre Pupillen, aber sie wich mir nicht aus. Gott sei Dank. »Ja«, brachte sie schließlich kaum hörbar hervor. »Das war es.«

Mehr brauchte ich nicht.

Lächelnd ergriff ich ihre Hand, um sie auf die Beine zu ziehen, und streichelte dann einmal über ihr Gesicht. »Na also. Es kann so leicht sein, wenn du dich einfach ein wenig entspannst. Komm, wir gehen jetzt rüber. Wir haben Spaß. Du lernst ein paar Leute kennen, und dann entscheidest du selber, was du damit anfangen willst und was nicht.«

Mechanisch nickte sie mir zu. Wir gingen in den Flur, wo sie einen dunkelgrünen Parka überwarf und nach ihrer Tasche griff. Kein Kontrollblick in den Spiegel, kein ewiges herumzupfen an ihrem Outfit oder rhetorische Fragen, ob sie so gehen könnte. Sie war einfach bereit.

Und das gefiel mir.

»Warte«, hielt ich sie plötzlich zurück, als mir ein Gedanke kam. »Magnus hatte was von seiner Schwester gesagt. Hast du mit ihr geredet?«

Ihr Blick huschte in die Richtung, wo sich ihr Zimmer befand, dann zuckte sie mit den Schultern. »Ja, aber sie hat keine Lust. Und das ist auch vollkommen okay.«

Irgendetwas schwang in ihrer Stimme mit, das mich aufhorchen ließ, aber ich hakte nicht nach. Was auch immer es war – ginge es mich an, würde ich es früh genug erfahren. »Na gut, dann ist es so. Muss er mit klar kommen. Lass uns gehen.«

Sie lächelte mich zurückhaltend an. »Nach dir.«

7

Amelie

Ich schlug mich eigentlich ganz gut.

Dachte ich zumindest.

Wenn man davon absah, dass ich am liebsten ständig meine Lippen berührt und seinem Kuss nachgefühlt hätte, oder dass ich jedes Mal, wann immer er mich beiläufig streifte, am liebsten in die Luft gesprungen wäre. Aber das bekam er offensichtlich nicht mit, oder zumindest ließ er sich das nicht anmerken.

Er machte keine weiteren Versuche, mir näher zu kommen. Keine plötzlichen Küsse, kein Händchenhalten oder irgendwas. Ich war nicht gerade erfahren in diesen Dingen, wusste nicht, was ich erwarten konnte und was nicht, und diese Unsicherheit machte mich mürbe. Auf jeden Fall verschwendete ich nicht mehr allzu viel Zeit damit, darüber nachzudenken, wie es werden würde, auf eine Wohnheimparty mit hunderten von Fremden zu gehen, weil ich die ganze Zeit nur an Nikolas denken konnte, an seinen Kuss, an seine Worte, an seine Blicke.

Einfach alles.

Und vielleicht war das auch gar nicht so verkehrt.

Der kurze Fußweg zog sich jedenfalls ganz schön in die Länge, und als wir schließlich ankamen, war ich hormonell betrachtet ein einziges Durcheinander. Erst, als er mir die gläserne Tür aufhielt und der immense Partylärm mich verschluckte, überrollte mich die Nervosität aufs

Neue, doch nun war es zu spät. Ich war da, war mittendrin, und hatte keine andere Wahl mehr, als es durchzuziehen.

»Komm«, rief Nikolas mir ins Ohr, weil es schon jetzt schwer war, sich normal zu unterhalten. Er zog mich in einen kleinen Nebenraum, wo sich Berge über Berge von Jacken stapelten, und half mir, aus meiner eigenen zu schlüpfen. Er selbst war ohne gekommen, und nun wusste ich auch wieso: Eine leise Stimme in mir murmelte mir zu, dass ich meinen Parka vielleicht nie wiedersehen würde. Ehe wir uns Richtung Getümmel schlagen konnten, traf er mich ein weiteres Mal völlig unvorbereitet, indem er seine Hand um mein Gesicht legte und mit dem Daumen über meine Wange strich. Seine Miene wirkte weich im Gegenlicht.

»Lass es auf dich zukommen. Ich bin da, du bist nicht alleine.«

Ein kleiner Teil von mir hoffte, dass er mich erneut küssen würde, doch schon im nächsten Moment ließ er von mir ab, ergriff lediglich meine Hand und begann, mich ins Zentrum der Party zu führen, wo bereits einige Kommilitonen äußerst angetrunken im Takt der Musik tanzten.

Nervös zuckte mein Blick umher.

»Ah, da vorne sind die anderen. Sollen wir?«

Dass er mich um Erlaubnis fragte, selbst wenn es nur rhetorischer Natur war, half mir, ihm zuzunicken, und ich ließ mich im Zickzack durch die vielen Studenten führen. Einige kamen mir bekannt vor, zumindest vom Sehen – oder vom Starren. Auch heute Abend gab es einige, die offenbar überrascht waren, mich neben Nikolas zu entdecken, und ganz am Ende des Raumes, nicht unweit von Magnus und den anderen, bemerkte ich sogar eine unsagbar schöne Rothaarige, die aussah, als würde sie mich mit ihren Blicken erdolchen wollen. Augenblicklich verkrampfte sich mein Magen, und ich konzentrierte mich auf die kleine Gruppe, die wir nun endlich erreichten.

Die Jungs begrüßten mich lächelnd und aufrichtig. Magnus‘ fragenden Blick quittierte ich mit einem Kopfschütteln, was ihn seufzen ließ, doch schon im nächsten Moment warf er seinen Arm um meine Schulter und zog mich an sich. »In dem Fall müssen wir mit dir vorliebnehmen. Gibt Schlimmeres, nicht war, Niko?«

Higgs drückte mir eine Flasche in die Hand, die sich als Bier entpuppte, und die kommende halbe Stunde verbrachte ich primär damit, an der Flasche zu nippen und den Jungs zu lauschen, die über irgendwelche Mannschaften diskutierten. Kein Fußball, so viel war mir klar. Aber ich wollte auch nicht nachfragen und mich damit womöglich vollkommen blamieren.

Ich begann, mich zu entspannen, auch wenn mich das Gefühl beschlich, dass ich bisher nicht wirklich erreichte, was ich mir vorgenommen hatte. Neben diesen Jungs zu stehen sorgte vielleicht dafür, dass mich andere wahrnahmen, aber gequatscht hatte ich mit noch niemandem.

Plötzlich tippte mir jemand auf die Schulter. Ich verschluckte mich beinahe an dem Bier, das ich gerade angesetzt hatte, räusperte mich eilig und wandte mich dann um. Überrascht zuckte ich zurück; vor mir stand die Rothaarige, die mich vorhin so wütend niedergestarrt hatte. Jetzt allerdings lag ein breites Lächeln auf ihren Lippen, und sie strahlte mich an. »Hey. Du musst Amelie sein.«

»Lani«, kam es drohend von Nikolas, der offenbar bemerkt hatte, was gerade geschah, doch ehe er mehr sagen konnte, redete diese weiter.

»Ganz genau so ist mein Name. Und ich glaube, du brauchst ein wenig Beistand, um neben diesen ganzen Trotteln nicht alles zu verpassen. Komm mit.«

Völlig überrumpelt ließ ich zu, dass sie sich bei mir

einhakte. Erst jetzt bemerkte ich, dass hinter ihr noch zwei weitere Mädels standen, die zu ihr zu gehören schienen, und ehe ich mich versah, wurde ich von ihnen mitgezogen. Nikolas rief mir noch ein »Hey«, hinterher, ich warf einen fragenden Blick zurück und bemerkte, dass er nicht sonderlich glücklich über dieser Entwicklung war. Dann jedoch erinnerte ich mich daran, dass ich hier war, um neue Kontakte zu knüpfen. Etwas, was nicht unbedingt funktionierte, wenn ich den ganzen Abend bei den Jungs stehen blieb.

Was sollte schon passieren? Im Zweifel würde ich jederzeit zu ihm zurückkehren – oder nach Hause gehen können.

Ich war bereit, zu sehen, wohin das hier führte. Und wahrscheinlich hatte ich Lanis bösen Blick vorhin missverstanden; er hatte vermutlich nicht einmal mir gegolten. Sonst wäre sie jetzt nicht hier.

»So.« Wir blieben plötzlich stehen – mitten auf der provisorischen Tanzfläche, umringt von vielen anderen Leuten in meinem Alter. Schweißperlen traten mir auf die Stirn, aber ich begann automatisch, mich zur Musik zu bewegen, und versuchte, nicht darüber nachzudenken, dass ich neben Lanis sinnlichen Bewegungen vermutlich hölzern wirkte.

Eine Weile lang taten wir nichts anderes; wir tanzten. Keine Worte, die uns unterbrachen, kein Gerede, keine ominösen bösen Blicke. Ich sah, wie Lani ein oder zweimal stumm mit ihren Freundinnen kommunizierte, die übrigens ähnlich schön waren wie sie selbst, beschloss aber, nicht darauf einzugehen. Einmal schaute ich zurück zu Nikolas, und was ich sah, ließ mich beinahe innehalten: Sein Blick war auf mich geheftet, brannte sich förmlich in mich hinein. Er nahm einen tiefen Schluck aus seiner Flasche, verengte kurz die Augen, und ich bildete mir ein, etwas in ihnen zu lesen, doch ehe ich dem auf die Spur gehen konnte, begann Lani zu reden und lenkte meine Aufmerksamkeit auf sich.

»Du und Winter also?«

Ich lachte unsicher auf. »Was meinst du damit?«

Ihre Augen wurden schmal, zumindest für einen winzigen Moment, doch dann lächelte sie mich an. »Keine Ahnung, man sieht euch neuerdings ständig zusammen. Seid ihr jetzt ein Pärchen oder so?« Ihre Worte begleitete sie mit einem hellen Lachen. »Ich sterbe für Tratsch, tut mir leid.«

Ein merkwürdiges Gefühl breitete sich in mir aus. Unsicherheit, aber auch Mut. »Schwer zu sagen«, erwiderte ich langsam. »Er scheint mich zu mögen.«

Lanis rechte Augenbraue wanderte in die Höhe, doch ihren skeptischen Blick machte sie mit einem weiteren Lachen wett. »Sieht ganz danach aus.«

Das Kribbeln in meiner Magengrube wurde stärker. Unwillkürlich dachte ich an unseren Kuss vorhin, der mich so unvorbereitet getroffen hatte, und jetzt tat ich es: Ich berührte mit Zeige- und Mittelfinger meine Lippe. Lani, die mich ganz genau beobachtete, schien diese Geste richtig zu verstehen, denn ihre Augen weiteten sich, und sie brachte ein »Wow« hervor.

Ich sah sie mit brennenden Wangen an.

»Das sind übrigens Cassy und Luna«, sagte sie abwesend. »Ich glaube, wir haben ein paar Grundlagenseminare zusammen. Vielleicht können wir ja mal gemeinsam in die Mensa gehen ...«

»Ja, wieso nicht«, erwiderte ich so fröhlich wie möglich, obwohl ich bei der Vorstellung nicht gerade ein gutes Gefühl hatte. Aber deshalb war ich ja hier: Kontakte knüpfen, nicht wahr?

Eine Weile lang tanzten wir weiter, dann nickten sich die Mädels zu und deuteten in die Richtung, aus der Nikolas und ich vor einer Weile gekommen waren. Zögernd sah ich über meine Schulter, doch dort, wo er und seine Freunde bisher gestanden hatten, erkannte ich nichts als fremde Gesichter. Mein Magen machte einen unangenehmen Hüpfer, und ich ergab mich der Situation.

Ein Teil von mir rechnete wohl damit, dass die drei mich nach draußen befördern würden, doch stattdessen führten sie mich ein Stockwerk höher. Dort war die Stimmung merklich anders, das Licht gedimmter, die Leute weniger feierwütig, sondern vielmehr ... mein Atem stockte, als ich mehrere Pärchen sah, die offensichtlich herumfummelten. Ein leicht süßlicher Geruch lag in der Luft, den ich zweifelsfrei als Marihuana identifizierte. Wo war hier irgendeine Form von Aufsicht? Mich erfüllten Widerwillen und Aufregung zugleich, der Reiz von etwas Verbotenem und Neuem. Mein Blick traf Lanis, die mich unergründlich angrinste. »Hier kann man ein bisschen mehr Spaß haben. Folgt mir.«

Die beiden anderen Mädchen taten dies augenblicklich. Eine von ihnen, Cassy glaubte ich, schnappte sich im letzten Moment meine Hand, ließ mir keine andere Wahl, als ihnen hinterherzudackeln. Wir trafen auf einen kleinen Halbkreis von Leuten, die ich noch nie zuvor gesehen hatte. Keine Vorstellung, kein »Hallo«, zur Begrüßung wurde mir lediglich eine Flasche in die Hand gedrückt, und als ich sah, wie Lanis Augen sich auf mich legten, nahm ich einen großen Schluck, ohne zu zögern.

Das Gute: Es schmeckte längst nicht so scharf wie erwartet. Das Schlechte: Der Likör war pappsüß und vermutlich daher ein Kopfschmerzgarant. Eilig reichte ich die Flasche an Lani weiter, die einmal damenhaft daran nippte, und atmete tief durch. Die anderen plauderten weiter, als wäre es vollkommen normal, dass sich andere zu ihnen gesellten – Fremde, in meinem Fall sogar – und ich nutzte den Moment, um mein Handy hervorzuziehen.

Augenblicklich sah ich eine Benachrichtigung von Instagram, die mein Herz höher schlagen ließ, und tippte auf die App.

Wo steckst du?

Drei Worte. Kein Smiley. Kein Hallo. Kein gar nichts. Ich war unsicher, ob ich deshalb irritiert oder erfreut sein sollte. Als mir in diesem Moment erneut die Flasche in die Hand gedrückt wurde, nahm ich einen weiteren, trotzigen Schluck. Dass es ekelig war, aus demselben Hals zu nuckeln, den andere, mir Unbekannte bereits im Mund hatten, drängte ich beiseite.

Erst, als die süße Flüssigkeit warm meine Kehle hinab rann, tippte ich eine Antwort.

Mit den Mädels unterwegs, die mich angequatscht haben. Du weißt schon, Kontakte knüpfen. Deshalb bin ich doch hier, oder nicht?

Wie gebannt starrte ich auf das Display, sah zu, wie Nikolas augenblicklich online kam und zu schreiben begann.

»Was tust du da?«, ertönte Lanis Stimme neben mir. Sie reckte ihren Kopf, um auf das Handy zu sehen, und instinktiv kippte ich es ein wenig beiseite.

»Nichts«, gab ich langsam zurück. Dann nahm ich ein weiteres Mal die Flasche entgegen. Nur noch dieses eine Mal, die nächste Runde würde ich aussetzen. Bei dem Tempo würde ich sonst viel zu schnell die Kontrolle verlieren. Im Halbdunkel hatte ich gar nicht bemerkt, dass sich der Inhalt verändert hatte; dieses Mal musste ich einen Hustenanfall unterdrücken. Dieser Schnaps war wesentlich schärfer und längst nicht so lecker wie der zuvor. Etwas verspätet blickte ich auf mein Handy und sah, dass Nikolas mir geantwortet hatte.

Ja, schon ... Aber auch als meine Begleitung?!

Ich atmete tief durch, konnte nicht verhindern, dass mich kribbelnde Aufregung durchfuhr.

Das stimmt natürlich. Ich bin oben. Hier scheint eine ganz eigene Party stattzufinden.

Eilig schob ich mein Handy zurück in die Hosentasche und ließ meinen Blick schweifen, um nicht so unkommunikativ zu wirken. Wie sich herausstellte, interessierte sich jedoch niemand so richtig für mich, ich war das bekannte fünfte Rad am Wagen (oder eher das zehnte, elfte ...) und nahm hilflos die Flasche entgegen, als sie ein weiteres Mal die Runde machte. Obwohl ich mir eben noch etwas anderes vorgenommen hatte, setzte ich sie an, wenn auch nur für einen winzigen Schluck. Was sagte es über mich aus, dass ich, nur um das Gefühl zu haben, dazuzugehören, irgendeinen Alkohol trank, der von den anderen kam? Ich versuchte, mich nicht auf dieses blöde Gefühl zu konzentrieren und suchte krampfhaft nach einer Möglichkeit, in eines der Gespräche einzusteigen.

»Da steckst du ja!« Wie aus dem Nichts erklang hinter mir plötzlich Nikolas' volltönende Stimme. Mein Herz, das eben noch relativ gemächlich gepocht hatte, machte einen doppelten Salto; erst recht, als ich spürte, wie sich seine Hand um meine Taille schlang und auf meinem Bauch zur Ruhe kam. Unwillkürlich lehnte ich mich ein Stück zurück, bis mein Rücken gegen seinen Körper stieß, und gab dabei ein leises, seufzendes Geräusch von mir. Sofort merkte ich, wie ein Teil der krampfhaften Anspannung wich. Verrückt eigentlich, wenn man bedachte, wie nervös ich sonst in Nikolas‘ Nähe war. Der Alkohol, ganz eindeutig. Er machte mich irgendwie wagemutiger.

»Oh, Niko, wie schön, dass du dich dazugesellst«, rief in diesem Moment Lani aus, doch ehe sie weiterreden konnte, unterbrach er sie abrupt.

»Ich bin nur hier, um Amelie zu holen. Sie ist unten besser aufgehoben.«

»Was?«, entfuhr es mir empört. Ich hätte mich ja eigentlich freuen sollen, aber die Art und Weise, wie er sich ausdrückte, gab mir das Gefühl, klein und unwissend zu sein, zu *jung*, und das passte mir gar nicht.

Seine Finger krümmten sich in meinen weichen Bauch, was ebenfalls nicht gerade zu meinem Wohlbefinden beitrug. Nicht, wenn die Finger zu so einem durchtrainierten, sexy Kerl gehörten und ich selber Fraktion Schwabbel war. Ich versuchte, mich aus seinem Griff zu lösen. Im ersten Moment schien er es zuzulassen, sein Arm glitt an mir hinab, doch dann verschränkte er seine Finger mit meinen und zog mich einen Schritt zurück. Ein Hauch seines würzig-minzigen Geruchs umwehte mich, als er sich vorbeugte und seine Lippen an mein Ohr legte. »Glaub mir, hier oben passiert selten etwas Gutes. Bitte komm wieder mit runter, ich habe Lust zu tanzen.«

Meine Kehle verschnürte sich. Ich wollte nicht das naive Ding sein, das vor eigenen Erfahrungen beschützt werden musste. Andererseits – was würde ich schon verpassen? Hier hatte sowieso kaum jemand mit mir geredet. Der Alkohol war ekelig, und was Lani und ihre Freundinnen anging – die hatte ich noch nicht durchschaut. »Na gut«, brachte ich schließlich hervor. »Ich komme mit. Bis später mal.«

Cassy winkte mir zu, aber Luna und Lani waren in

Gespräche verwickelt; vielleicht wollten sie mich auch gar nicht hören.

Nikolas ließ mich nicht los, den gesamten Weg nach unten. Hier und da murmelte er ein paar Leuten etwas zu, und jedes Mal festigte sich dann sein Griff. Als wir unten ankamen, rechnete ich bereits damit, dass er mich wieder loslassen und auf Abstand gehen würde, doch stattdessen blieb er im Flur stehen, der ebenfalls ziemlich von Studenten bevölkert war, schaffte es irgendwie, mich gegen die Wand zu dirigieren, und blickte ... beinahe finster auf mich herab. Unwillkürlich bekam ich das Gefühl, etwas falsch gemacht zu haben, und verschränkte die Arme vor der Brust. »Was ist?« Viel deutlicher hätte er mich nicht spüren lassen können, dass dies hier neu für mich war.

Seufzend rieb er sich über sein Gesicht und durch das Haar, sodass es noch wilder zu Berge stand, und ich dachte unwillkürlich an seinen Kuss, an sein ganzes, mir nicht erschließbares Verhalten. Mühsam schluckte ich gegen den Kloß in meiner Kehle an.

»Nichts, es ist nur ... ich wollte dich lieber bei mir haben. Du weißt schon, das hier ist doch unser erstes Date.«

Ich lachte unwillkürlich auf. »Also unter einem Date stelle ich mir schon etwas anderes vor.«

Was auch immer ihn gerade noch beschäftigt hatte, es schien zu verfliegen. Seine gesamte Miene änderte sich, und er trat einen Schritt auf mich zu, bis ich meinen Kopf wirklich in den Nacken legen musste, um ihm noch in die Augen sehen zu können. Die perfekte Pose, um ...

Sanft legten sich seine Lippen auf meinen Mundwinkel. Nur für eine winzige Sekunde. Gerade lang genug, um alles in mir in die Luft hüpfen zu lassen und für Chaos zu sorgen. Sein weicher Mund bewegte sich an meiner Haut, als er zu reden begann. »Oh, ach so. Die Dame hat also Ansprüche? In dem Fall werde ich mir etwas anderes überlegen müssen. Mal sehen, ob dir das besser gefallen wird.« Er rückte von mir ab; weit genug, dass ich problemlos das Funkeln in seinen Augen und seine offensichtlich blendende Laune erkennen konnte. Von der Düsternis vorhin war nichts mehr übrig. »Bis dahin würde ich mich aber sehr darüber freuen, wenn du mit mir da rein gehst und wir eine Runde tanzen. Abgemacht?«

»Abgemacht.« Mein Innerstes stand in Flammen. Meine Knie waren weich. Mein Verstand murmelte mir zu, dass ich irgendetwas Offensichtliches nicht gecheckt hatte. Und doch konnte ich einfach nur grinsen. Genoss diese wunderbare Aufregung; die Aussicht auf einen weiteren Abend mit Nikolas, da ich ihn offenbar herausgefordert hatte.

Tanzen, das bekam ich hin. So eine Party war ja irgendwie machbar, nicht wahr?

Vielleicht stellte ich mich ja doch gar nicht so blöd an.

8
Nikolas

In der kommenden Woche spielte sich eine neue Routine ein. Zwar nahm ich sie nicht direkt am Eingang des Hauptgebäudes in Empfang, aber wann immer wir einen gemeinsamen Kurs hatten, gesellte Amelie sich zu uns – oder wir uns zu ihr, je nachdem, wer zuerst da war. Mit »wir« meinte ich vor allem Fred, Magnus und mich, aber gelegentlich kamen auch Higgs und Lukas dazu. Den Rest des Partyabends war Amelie an meiner Seite geblieben, was bedeutete, dass die Jungs eine ordentliche Portion von ihrem Sarkasmus abbekommen hatten. Obwohl mir klar gewesen war, dass sie sich in unserer Gesellschaft leicht unwohl fühlte, hatte sie sich verdammt gut gehalten, und am Ende des Abends bestand kein Zweifel mehr daran, wieso ich sie mochte. Sie hatte sich die Sympathien der anderen erarbeitet, ohne sich wirklich darüber im Klaren zu sein. Einfach nur, weil sie sie selbst war.

Nun also stand es außer Frage: Keiner von uns konnte sie noch übersehen. Inmitten der vielen Tussis war Amelie so etwas wie der rettende Leuchtturm, mit Humor und einer so strahlenden Natürlichkeit, dass sie sofort ins Auge stach, wo immer sie auch war.

Das Ziel, ihr auf der Party einige neue Kontakte zu verschaffen, war nur leidlich geglückt, wenn man von den Jungs absah – und von Lani und ihren Freundinnen, aber von ihnen wollte ich sie dringend abschirmen, und das möglichst ohne ins Detail zu gehen. Mein Gefühl sagte mir, dass Amelie nicht sonderlich gut damit umgehen würde, wenn sie erführe, dass ich erst vor kurzem im Begriff gewesen war, mit Lani etwas anzufangen.

Ich musste dringend herausfinden, was diese Frau plante, wieso sie sich so auf Amelie gestürzt hatte. Ihre Worte waren mir noch ins Gedächtnis geätzt – *Miss Piggy*. Sie konnte einfach keine guten Absichten haben.

Zum Glück schien es mit ihr aber keine weiteren Probleme zu geben, zumindest bekam ich nicht mit, dass sie erneut Amelies Nähe suchte. Amelie selber gewöhnte sich spürbar daran, Zeit mit mir zu verbringen; sie wurde deutlich lockerer. Und auch wenn ich sie bisher nicht dazu hatte überreden können, mit uns in die Mensa zu gehen, sahen wir uns doch jeden Tag mindestens einmal.

Der November neigte sich dem Ende, was bedeutete, dass die Weihnachtsmarktsaison startete. Die ganze Woche hatte ich überlegt, was ich mit Amelie machen könnte, damit sie ihr richtiges Date bekam. Als ich die Werbeplakate zur Eröffnung sah, stand mein Entschluss fest.

Freitagmittags, am Ende eines gemeinsamen Seminars, fragte ich sie, ob sie an diesem oder am folgenden Abend Zeit hätte.

Amelie blickte mich mit großen Augen an; ich sah, wie ihre Wangen sich langsam rosa färbten. »Sowohl als auch«, gab sie langsam zurück. »Wieso?«

Lächelnd nickte ich ihr zu. »Dann hole ich dich heute Abend gegen sieben ab. Zieh dich warm genug an, ja?«

Ihre Augenbrauen wanderten in die Höhe, trafen sich in der Mitte, aber abgesehen davon sagte sie nichts. Allerdings sah ich den Widerstreit in ihren Augen, und ich konnte sie verstehen. Nun war es fast eine Woche her, dass ich ihr ein Date versprochen hatte. Fast eine Woche seit unserem letzten Kuss – unglaublich eigentlich. Ich wusste selbst nicht so genau, wieso ich bei unseren Treffen in der Uni keine Anstalten gemacht hatte, daran anzuknüpfen. Zwar hatte ich nicht bewusst entschieden, mich von ihr zu distanzieren, aber es hätte sich auch nicht richtig angefühlt, vor allen Augen etwas fortzuführen, was noch auf so unsicheren Beinen stand. Ich wollte dieses kommende Date abwarten; wollte sehen, was geschah, wenn wir uns erneut trafen. Vermutlich hatte sie bereits begonnen, das Thema abzuhaken. Umso besser, dann würde der heutige Abend bestimmt noch aufregender werden.

Der Nachmittag zog sich in die Länge; zum einen, weil ich mich noch dringend mit der Abgabe für die Einführung beschäftigen musste, zum anderen, weil ich es mir verbot, Amelie zu schreiben. Obwohl es mir die Zeit nicht gerade leichter machte, erfüllte es seinen Zweck: Bis zum Abend war ich ebenfalls aufgeregt. Als ich mich frisch geduscht und erfüllt von guter Laune auf den Weg machte, konnte ich es kaum noch erwarten, sie wiederzusehen. Abseits von der Uni. Abseits von irgendeiner Studentenparty. Einfach nur sie und ich ... okay, und all die anderen Leute, die ebenfalls zum Weihnachtsmarkt gingen, aber das war etwas anderes, wie ich fand. Ich war nur mit ihr verabredet. Mit diesem Mädchen, das wie aus dem Nichts gekommen war und mir glatt den Kopf verdreht hatte.

Dieses Mal fand ich einen Parkplatz direkt vor der Tür, die mich bereits offen in Empfang nahm. Ohne mich per Klingel anzukündigen, sprintete ich immer zwei Stufen nehmend hinauf in den zweiten Stock. Oben klopfte ich an der Wohnungstür, mittlerweile mit pochendem Herzen. Nur wenige Augenblicke später wurde sie aufgerissen, doch ich fand mich nicht Amelie gegenüber, sondern einer hochgewachsenen Frau, die wie die weibliche Version von Magnus aussah.

»Du musst Becca sein«, begrüßte ich sie lächelnd.

»Hey.« Sie sah nicht direkt freundlich aus, aber auch nicht ablehnend. »Und du bist Nikolas. Komm rein, Amelie ist noch im Bad.«

Ich schlüpfte an ihr vorbei in den mir bereits bekannten Flur. Die Entscheidung, ob ich hier oder in ihrem Zimmer auf sie warten sollte, nahm Amelies Mitbewohnerin mir ab, indem sie mich direkt in die Küche führte. Mit dem merkwürdigen Gefühl, auf dem Prüfstand zu sein, setzte ich mich auf den mir angebotenen Platz.

»Du verarschst sie nicht, oder?«

Irritiert schoss mein Blick zu Becca, die noch immer im Türrahmen stand und mich mit verschränkten Armen musterte. Hitze breitete sich in mir aus; allerdings nicht von der guten Sorte. »Hör mal, ich kenne dich nicht, aber dein Bruder ist ein guter Kumpel von mir, und daher nehme ich es dir dieses Mal nicht übel.« Obwohl ich das Bedürfnis hatte, mich aufzurichten, um Auge in Auge mit ihr zu sein, blieb ich so gelassen wie möglich sitzen. Einzig der Umstand, dass ich ihre Pose kopierte und meine Arme vor der Brust kreuzte, ließ durchblicken, dass sie mich getroffen hatte. »Wieso genau sollte ich Amelie verarschen wollen?«

Unsicherheit blitzte in ihren Augen auf, aber sie reckte kampfeslustig ihr Kinn und trat näher. »Du willst mir doch wohl nicht sagen, dass dir diese Frage noch niemand gestellt hat, oder?«

»Um genau zu sein – nein«, gab ich knurrend zurück. »Bisher hatte jeder ausreichend Anstand, es nicht zu tun.« Zumindest nicht direkt, schoss es mir durch den Kopf.

Becca seufzte auf; nun sah sie peinlich berührt aus. »Tut mir leid. Ich mache mir einfach nur Sorgen um sie. Ich habe sie bereits ins Herz geschlossen und will nicht, dass sie verletzt wird.«

Eine Weile lang musterte ich sie stumm; sah zu, wie sie sich auf den Stuhl mir gegenüber sinken ließ. Mir war zu einhundert Prozent klar, worauf sie hinaus wollte. Amelie selbst hatte in jener Nacht in der Bibliothek selbst ausgesprochen, in welchen Schubladen sie von uns dachte. Und auch wenn ich persönlich mich genau darüber hinwegsetzen wollte, war ich nicht blöd genug zu glauben, dass niemand sonst genauso dachte. Becca war der beste Beweis. Es fiel ihr schwer, mir in die Augen zu blicken, aber sie hielt mein Starren aus. Schließlich gab ich nach. »Glaub mir, das ist auch das letzte, das ich will, okay? Ich mag sie. Du bist nicht die erste, die sich darüber wundert; aber es ändert nichts an dieser Tatsache. Du selbst solltest wissen, wie sehr sie einem ans Herz wachsen kann, wenn man sie erst einmal kennt.«

»Du meinst das ernst«, murmelte sie überrascht.

»Was meint er ernst?«

Natürlich musste Amelie genau in diesem Moment die Küche betreten, ihr Blick schweifte fragend zwischen uns hin und her, ein leichtes Lächeln lag auf ihren Lippen.

Sie sah umwerfend aus. Nachdem sie sich Samstag ganz in Schwarz gezeigt hatte, trug sie heute eine graue Jeans und dazu einen dunkelroten Strickpullover, der sich an ihre Rundungen schmiegte. Ihr Haar glänzte, ebenso wie ihre Lippen, auf die sie eine Art Gloss aufgetragen hatte. So eine Verschwendung. Ich beabsichtigte, diese Lippen zu küssen, und das so schnell wie möglich. Das Bedürfnis danach ließ meine Fingerspitzen kribbeln.

Ihre Miene wandelte sich, wurde unsicherer, als das Schweigen sich ausdehnte, und endlich schaffte ich es, mich auf ihre Frage zu konzentrieren. Ganz sicher würde ich nicht lügen, auch wenn Becca mir gerade beinahe flehende Blicke zuwarf. »Na ja, das mit uns.«

Amelies Blick schweifte zu ihrer Mitbewohnerin, doch die sah schuldbewusst in ihren Schoß. Das Mädchen war nicht dumm, sie konnte blitzschnell zusammenrechnen, worum genau es in unserem Gespräch gerade gegangen war. Ihre Stirn legte sich in Falten. Ehe die Situation zu merkwürdig werden konnte, sprang ich auf die Beine. »Bist du bereit?«

Amelie nickte mir langsam zu, immer noch zurückhaltend. Von ihrem Strahlen war leider Gottes nicht mehr allzu viel übrig. »Sicher. Verrätst du mir jetzt, was du vorhast?«

Ich versuchte, all meine Vorfreude in mein Lächeln zu legen. »Nimm am besten eine Mütze mit, und einen Schal. Wir bleiben draußen.«

❄

Ich fuhr das kleine Stück bis zur Innenstadt, weil ich mir dachte, dass sie später die Sitzheizung zu schätzen wissen würde. Kurz bevor wir den öffentlichen Parkplatz erreichten, auf dem ich mein Glück versuchen wollte, klärte ich sie auf.

»Heute eröffnet der Weihnachtsmarkt. Ich dachte, wir weihen die kommende Jahreszeit gemeinsam ein.«

»Was denn?«, brachte sie mit kratziger Stimme hervor. »Du meinst die Glühwein-Zeit?«

Spätestens jetzt hätte ich bereits checken müssen, dass meine Idee vielleicht doch nicht so gut war, aber ich freute mich viel zu sehr. Für mich waren die kommenden Wochen nämlich wirklich magisch. »Genau. Deshalb solltest du dich warm genug anziehen. Glühwein hilft irgendwann nur noch bedingt.« Ich überlegte kurz. »Oder Kakao, wenn dir der lieber ist.«

Sie erwiderte nichts; in diesem Moment dachte ich mir aber ebenfalls noch nichts dabei. Natürlich war der Parkplatz bereits voll, doch ich wurde in einer nahegelegenen Seitenstraße doch noch fündig. Eilig umrundete ich den Wagen, um Amelie die Tür zu öffnen, reichte ihr sogar die

Hand. Kaum stand sie auf den Füßen, ließ sie mich jedoch wieder los, suchte etwas Abstand zu mir.

Hm.

Ich beschloss, mich davon nicht beirren zu lassen. »Da lang«, murmelte ich ihr zu.

»Ich weiß.«

Gemeinsam setzten wir uns in Bewegung. Ein paar Mal streifte meine Hand ihre, aber da sie kaum reagierte, forcierte ich den Kontakt nicht. Stattdessen suchte ich krampfhaft nach einem Thema, das ich anschneiden konnte. Eines, das nichts mit der Uni zu tun hatte.

»Und? Hast du deine Abgabe mittlerweile fertig?« Amelie schien das nicht so eng zu sehen; außerdem klang ihre Stimme viel zu hell.

Ich warf ihr einen eiligen Blick zu. »Noch nicht ganz. Aber ich komme voran. Und du?«

Sie zuckte mit den Schultern. »Ja, schon.«

Dann wieder Schweigen. Langsam begann ich, etwas unruhig zu werden. Irgendwie hatte ich den Eindruck, etwas Wichtiges verpasst zu haben. Die ganze Woche über war Amelie mir nicht so verkrampft vorgekommen wie jetzt. Da war weder ihre niedliche Nervosität noch ihre forsche, sarkastische Art. Stattdessen wirkte sie regelrecht verschlossen. Vielleicht hatte sie es doch absolut falsch verstanden, dass ich sie seit Samstag nicht noch einmal geküsst hatte?

Irritiert griff ich ihren Arm, hielt sie zurück. Mitten in der Gasse, zwischen zwei Straßenlaternen, blieben wir stehen.

Sie sah mich fragend an.

»Hör mal«, begann ich langsam. Nervosität flutete mich, und ich ließ sie eilig los, fuhr mir durchs Gesicht. »Ist alles okay?«

»Ja, klar. Wieso nicht?« Sie hielt meinem Blick stand, aber mein ungutes Gefühl festigte sich.

Es war ungewohnt, so planlos zu sein. Da ich nicht wusste, was ich sonst tun sollte, umfasste ich ihr Gesicht mit beiden Händen. Augenblicklich begannen ihre Lider zu flattern, was ich als gutes Zeichen wertete. Sanft, beinahe flüchtig legte ich meine Lippen auf ihre, spürte, wie sie den Kuss erwiderte, und ein Teil der Sorge fiel von mir ab. Obwohl es beinahe eine Woche her war, reagierte mein Körper bereitwillig auf sie; auf ihren Geschmack, das Gefühl ihrer Lippen an meinen. Diese Mischung aus Zurückhaltung und Lust, die ich bereits vergangene Woche gespürt hatte, war erneut da, nahm mir jegliche Fähigkeit zu denken. Ohne zu wissen, was ich eigentlich tat, presste ich mich an sie, und als sie ihre Lippen einen Spalt öffnete, schob ich kurzerhand meine Zunge hindurch.

Sie stöhnte leise auf.

Der Moment war überwältigend. Sie zu spüren; zu fühlen, wie ihre Zunge auf meine reagierte, sich meinem Tempo anpasste, war unbeschreiblich.

Ehe ich mich völlig vergaß, hier in dieser dämmerigen Gasse, strich ich ein letztes Mal über ihre Zunge, schmeckte einen Hauch von Pfefferminz und wich schließlich weit genug zurück, um ihr in die Augen sehen zu können. Sie hatte diesen Kuss erwidert. Sie war hier. Was auch immer sie beschäftigte, es konnte nicht an mir liegen.

Oder?

»Das hätte ich schon viel eher machen müssen«, brachte ich seufzend hervor. Wenigstens löste ich dadurch ein kleines Schnauben aus. Meine Augenbrauen wanderten in die Höhe. »Ich frage dich noch einmal, Süße. Was ist los?«

Ihre verhangenen Augen klärten sich, und sie sah mich unglücklich an. Unglücklich! Ihr Blick versetzte meinem Herz einen Stich. »Nichts ... was dich betrifft«, murmelte sie schließlich leise.

Ich hielt unwillkürlich den Atem an. Das war einerseits

gut, aber andererseits ... wusste ich nun immer noch nicht weiter. »Okay«, brachte ich schließlich hervor.

Sie sah aus, als würde sie etwas sagen wollen, doch dann klappte ihr Mund wieder zu, und sie deutete grob Richtung Innenstadt. »Wollen wir?«

Ich nickte. Dieses Mal nahm ich ihre Hand, und auch wenn ich mir nach wie vor einbildete, dass sie zurückhaltend war, ließ sie es immerhin zu.

Den Rest des Weges legten wir schweigend zurück. Ich versuchte gar nicht erst, krampfhaft ein Thema auf den Tisch zu bringen, und Amelie wirkte gedankenverloren.

Es lief definitiv nicht so, wie ich es geplant hatte, aber Abend hatte ja gerade erst begonnen. Ich setzte eine Menge auf den Zauber der kleinen Holzbuden, die festlich dekoriert waren, und die vielen Lichter in der Fußgängerzone und auf dem Marktplatz, die eine ganz eigene Stimmung auslösten.

Wie erwartet war es relativ voll. Ich führte Amelie zu einem der ersten Stände, wo Heißgetränke ausgeschenkt wurden. »Lass mich raten.« Ich blickte sie nachdenklich an, musterte ihr starres Gesicht. »Du gehörst nicht zur Fraktion Glühwein.«

Ihre Nase zog sich niedlich kraus, als sie erst zu mir, dann auf die handgeschriebene Getränketafel blickte – und schließlich zurück zu mir. Mit dem Zeigefinger schob sie ihre Brille wieder hoch, eine Geste, die ich bereits liebgewonnen hatte, und schnaubte. »Nein. Zumindest, was den roten angeht. Einen weißen trinke ich ab und an ganz gerne, aber am liebsten ist mir Kakao.« Sie verzog ihr Gesicht. »Was ja auch unschwer zu erkennen ist.«

»Hey!« Irritiert legte ich meinen Finger unter ihr Kinn, ehe sie sich abwenden konnte. »Damit das von Anfang an klar ist: So etwas will ich nicht noch einmal hören, okay?«

»Was denn?« Sie lachte ironisch auf. »Ist doch nur die

Wahrheit. Ich habe einige Kilos zu viel auf den Rippen, kann bestimmt nicht mit all den anderen mithalten, die -«

»Stopp!« Ehe sie etwas sagen konnte, was sie selbst bereute oder mich wütend machte, verschloss ich ihre Lippen mit meinem Zeigefinger. Ihre Augen weiteten sich, aber sie leistete meinem Befehl Folge. Langsam beugte ich mich vor, bis meine Lippen erst den Baumwollstoff ihrer Mütze streiften, dann das weiche Fleisch an ihrem Ohr. »Ich mag dich. Und zwar genau so, wie du bist. Okay? Keine Ausflüchte, kein schlechtes Gefühl. Du möchtest einen Kakao? Ich bestelle dir einen. So einfach ist das.«

Offenbar hatte ich es geschafft, sie war sprachlos. Grinsend bestellte ich für sie einen Kakao mit Amaretto, für mich einen Glühwein mit Schuss. Als wir uns kurz darauf mit den typischen blauen Tassen mit Stadtsilhouette an einen der Stehtische stellten, wirkte ihr Gesicht etwas weicher.

Sofort wurde mir leichter ums Herz.

»Also«, sagte sie langsam. »Du bist der klassische Glühweintyp.«

Da war er wieder; ihr Sarkasmus, gut versteckt unter sorgfältigen Worten, aber nicht zu überhören. Meine Mundwinkel zuckten in die Höhe, obwohl ich mich bemühte, ernst zu bleiben. »Irgendwie klingt das wie eine Beleidigung.«

»Was?« Im ersten Moment schien sie schockiert, doch dann zuckten auch ihre Mundwinkel. Sie schien sich wirklich langsam an mich zu gewöhnen. Von dem Mädchen, das vor Schreck hingefallen war, als es mich entdeckt hatte, war nicht mehr viel übrig. »Nein. Es ist nur überraschend.«

Ich kam nicht mehr dagegen an, lachte laut los. »Okay. Dann schieß mal los. Was hättest du erwartet?«

Sie zuckte mit den Schultern, hob ihre Tasse an den Mund und schielte mich über den Rand hinweg an. Der

Moment dehnte sich aus, bis ich mich förmlich an die Tischkante krallte vor Spannung. Als sie den Kakao schließlich absetzte, wirkte sie entschlossen. »Bier. Egal zu welcher Jahreszeit und zu welchem Anlass. Du wirkst auf mich eigentlich wie der Inbegriff des Biertyps.«

»Aha.« Um ehrlich zu sein war ich ein bisschen enttäuscht von ihrem Urteil. »Bier. Das ist irgendwie niederschmetternd.«

Sie zuckte mit den Schultern. »Bier geht immer, oder nicht? Das ist doch Standard. Immer griffbereit, schön kühl im Sommer -«

»- aber durchschnittlich. Trinkt jeder. Ist es das, was du von mir denkst? Bin ich der absolute Durchschnittskonsument?« Ehe ich es weiter auf die Spitze treiben konnte, bemerkte ich ihr wachsendes Unbehagen und schnaubte auf. »Komm schon, ich mache Scherze.«

»Hm.« Sie senkte ihren Blick auf die Tasse; ungefähr das letzte, was ich in diesem Moment wollte.

»Hey!« Eilig umrundete ich den Tisch, bis ich neben ihr stand, griff nach ihrer freien Hand. Langsam blickte sie erst auf unsere Finger, dann hinauf in mein Gesicht. Was ich sah, berührte mich zutiefst. In ihren Augen lag eine Verletzlichkeit, die mir den Atem raubte. In diesem Moment glaubte ich, alles vor mir ausgebreitet zu sehen. Ihre Ängste, ihre Hoffnungen. Ihre Vorbehalte, aber auch ihre Offenheit. Sie jetzt zu küssen, wäre der einfache Weg gewesen. Ich schmeckte bereits Reste von Kakao auf meiner Zunge, spürte das heftige Kribbeln, das sie in mir auslöste. Mann, ich wollte diesen Weg. Aber viel wichtiger war es mir, dass zwischen uns alles okay war. Und auch wenn sie vorhin etwas anderes gesagt hatte, spürte ich immer noch ihre Zurückhaltung. Als ich vorsichtig mit dem Daumen über ihren Handrücken strich, atmete sie zittrig ein.

»Also gut«, brachte sie schließlich hervor. »Offenbar bist

du kein typischer Biertrinker. Aber es dürfte mich nicht überraschen. Immerhin bist du hier, mit mir. Du brichst jedes Muster, das ich verstehen könnte.«

Meine Miene verdüsterte sich. »Fängst du schon wieder damit an? Langsam wird das echt lästig.«

Ihre Lippen teilten sich, doch dann klappte ihr Mund wieder zu, ohne dass sie auch nur ein Wort gesagt hatte. Sie löste ihre Hand aus meiner, hob die Tasse an den Mund und leerte den Kakao mit wenigen Zügen. Ihr Unbehagen war deutlich spürbar. Irritiert tat ich es ihr gleich, nahm dann die beiden Tassen und brachte sie zurück, um das Pfand zu kassieren.

»Ich könnte jetzt erstmal etwas zu essen gebrauchen, was meinst du?«

Amelie nickte. »Wäre vermutlich nicht dumm. Ich merke den Alkohol jetzt schon.«

Ich lachte auf. »Du verträgst ja echt nicht viel.« Als ich sah, wie sie erneut die Stirn kraus zog, schob ich eilig ein »Musst du ja auch gar nicht!« hinterher. Mit ihr alleine zu sein stellte sich als weitaus schwieriger heraus als gedacht.

Wir passierten ein paar schlichte Pommesbuden, einen Champignonstand (hier war ich froh, dass sie keine Anstalten machte stehenzubleiben), eine Fischbude und einen Spanier. Ich hatte Bock auf Lángos, und als ich Amelie darauf hinwies, entschied auch sie sich für diese ungarische Spezialität.

Im ersten Moment glaubte ich, der warme Snack würde das merkwürdige Gefühl in meiner Magengrube auslöschen, doch als wir neben der kleinen Holzhütte standen, pusteten und aßen, wich Amelie gekonnt meinen Blicken aus.

Wenn ich es nicht besser gewusst hätte, hätte ich gesagt, dass sie Schluss machen wollte. Also, wären wir zusammen gewesen. Es wirkte, als wollte sie mich abschießen, als wäre es für sie unangenehm, Zeit mit mir zu verbringen. Wie passte das zusammen? Immer wieder dachte ich an ihre Aufregung am Mittag, als ich sie um diesen Abend gebeten hatte. An ihr Strahlen vorhin in der Wohnung.

Was war geschehen? Und vor allem – wann?

Ich hielt es nicht mehr länger aus.

Ungehalten schob ich mir das letzte Stück in den Mund, wischte mit einer Serviette das Fett von den Fingern und sah zu, wie sie ihre Reste zerpflückte. Seufzend fuhr ich mir durchs Haar. »Irgendwie habe ich mir diesen Abend anders vorgestellt.«

Ihre Augen flogen in die Höhe, in meine Richtung. Was ich nun sah, bestätigte meine Vermutung, dass sie etwas beschäftigte: Sie wirkte ertappt. Als hätte sie ein schlechtes Gewissen. Und auch wenn ihre Miene sich im ersten Moment verschloss, erkannte ich doch sehr genau den Moment, als sie kapitulierte.

»Es tut mir leid, aber …«

»Es liegt nicht an mir?«, scherzte ich schwach. »An dieser Stelle waren wir schon einmal. Und lass dir gesagt sein, es beruhigt mich kein bisschen. Du fühlst dich nicht wohl, dabei soll das hier ein schöner Abend sein. Für uns beide. Was kann ich also tun?«

Sie rang mit den Worten, ich konnte ihr den inneren Widerstreit sehr gut ansehen. Obwohl ich am liebsten nachgehakt hätte, ließ ich ihr Zeit. Als sie ihre Augen schloss, einmal schluckte, begann mein Nacken zu prickeln. »Die Weihnachtszeit ist nicht so leicht für mich.«

Augenblicklich wurde ich betroffen. Es war so einfach, und doch erschien mir diese Lösung zu offensichtlich. War das alles? War sie ein Grinch und deshalb so angespannt? Als ich nichts erwiderte, redete sie langsam weiter.

»Es war nicht immer so. All das hier …« Sie deutete vage mit der Hand um sich. »Die Lichter, die Gerüche. Ich habe es sehr gemocht. Aber letztes Jahr wurde alles kaputt gemacht.«

Ehe sie es aussprach, wurde mir klar, worauf das hier hinauslief. Worte klingelten in meinen Ohren. Worte, die mich schon vor zwei Wochen aus der Fassung gebracht hatten. *»Es ist unangenehm, und es tut weh.«*

Vor meinem Auge entstanden die wildesten Bilder; Szenen, die mich augenblicklich anspannten. Offenbar sah Amelie mir dies auch an, denn ihre Pupillen weiteten sich. »Also, es ist jetzt nichts Dramatisches passiert oder so, es ist nur -«

»Hör auf«, unterbrach ich sie rau. »Du stehst total neben dir. Wieso musst du immer alles kleinreden? Dich, die Dinge, die dich betreffen? Erzähl mir einfach, was letztes Jahr geschehen ist, okay? Dann kann ich damit umgehen. Alles ist besser als diese Unsicherheit.«

»Du bist unsicher?« Erschrocken sah sie mich an. »Offenbar bin ich viel schlechter darin, Dinge zu überspielen, als ich dachte.«

Knurrend ballte ich meine Hände. »Du sollst gar nichts überspielen, wenn wir Zeit miteinander verbringen. Sei einfach du selbst, denn damit hast du mir überhaupt erst den Kopf verdreht!«

Eine Weile lang atmete sie hörbar ein und aus, ihre Augen waren so geweitet, dass sie erschrocken aussah, beinahe verschreckt, und eine zarte Röte legte sich über ihre Wangen. Wie viel deutlicher musste ich eigentlich noch werden? Wie oft musste ich vor anderen, vor ihr, verteidigen, dass ich sie und ihre Nähe mochte? Ihre ganze Art? Jeden einzelnen Zentimeter?

Ich hielt meinen Mund, so schwer es mir auch fiel, aber die Beharrlichkeit zahlte sich aus. Endlich begann sie zu reden. Richtig zu reden.

»Ich hatte erst einen einzigen Freund.« Die Röte in

ihren Wangen vertiefte sich schlagartig. »Martin. Er … ging in meine Parallelklasse. Irgendwie hatten wir nie viel miteinander zu tun, aber im letzten Schuljahr hatten wir einen gemeinsamen Kurs, und wir verstanden uns gut. Natürlich war ich irre aufgeregt. Er war jetzt nicht der Jahrgangsschwarm oder so, aber nett und nicht unbeliebt. Ich war überrascht, als er mit mir ins Kino wollte. In den kommenden Wochen gingen wir ein paar Mal miteinander aus. Ich war zu diesem Zeitpunkt …« Sie stockte. Begegnete meinem Blick flüchtig, seufzte leise auf, wirkte, als wollte sie im Erdboden verschwinden. »Ich war noch Jungfrau.«

Mit wachsendem Unbehagen sah ich zu, wie Amelie erschöpft die Augen zusammenkniff. Offenbar hatte dieses Geständnis sie einiges an Kraft gekostet. Augenblicklich dachte ich daran, dass all das erst ein Jahr her war. Mein eigenes erstes Mal schoss mir durch den Kopf; ich war fünfzehn. Etwas früh vielleicht, mit Sicherheit auch nicht atemberaubend, aber seitdem hatte ich unzählige Male mit Mädchen geschlafen. Mein erster Eindruck von Amelie festigte sich. Sie war unerfahren. Der Gedanke sorgte für ein Prickeln in meiner Leistengegend, so unpassend es in diesem Moment auch war.

»Wie sich herausstellte, wollte Martin vor allem eines: Diesen Umstand ändern. Ich brauchte Zeit, und die gab er mir auch. So viel muss ich ihm zugestehen. In der Adventszeit war ich schließlich soweit. Eines Abends trafen wir uns mit ein paar Leuten auf dem Weihnachtsmarkt. Na ja, die Lichter, die Stimmung, all das erfüllte seinen Zweck. Wir landeten anschließend bei ihm, und, äh, in seinem Bett.« Mittlerweile wand sie sich vor Unbehagen, sodass sie mir ehrlich leidtat. Ich wollte nicht, dass sie sich mies fühlte. Eigentlich wollte ich auch gar nichts weiter hören, brauchte keine Details von Amelie mit einem anderen Kerl, aber ich spürte, dass der eigentliche Knaller noch kam; der Grund für ihr heutiges Unbehagen.

Es ist unangenehm, und es tut weh.

Ich musste es einfach hören.

»Es war schnell vorbei. Ehrlich, ich schätze, dabei ging es nie wirklich um mich. Nein, ich weiß es sogar. Eine schnelle Nummer, die mir nicht gerade viel Spaß bereitet hat, ihm aber umso mehr. Am nächsten Tag hat er nicht mehr mit mir geredet -«

»Was?«, entfuhr es mir empört.

»- und eine Woche später erfuhr ich, dass alles nur eine Wette war. Er hatte mit Freunden gewettet, mich noch vor Weihnachten zu entjungfern. Mich, die spießige Brillenschlange. Es ging um zwanzig Euro. Mehr war ich nicht wert.«

Ihre Stimme nahm einen so verletzten Klang an, dass ich erschauderte. Eilig zog ich sie in meine Arme, es war alles, was ich in diesem Moment für sie tun konnte. Ich musste sie halten, vor allem aber wollte ich mein Gesicht vor ihr verbergen. Denn in diesem Moment fühlte ich einen so allumfassenden Zorn, dass ich diesem Martin am liebsten geradewegs die Fresse poliert hätte.

Wieso konnten Kerle so grausam sein? Menschen im Allgemeinen? Amelie war ein süßes Mädchen. Klug, sarkastisch, witzig. Sie war hübsch, verdammt. Vielleicht hatte sie keine Modelmaße, aber sie sah dennoch toll aus. Und trotzdem machte sie sich selbst permanent kleiner als sie war. Ich war überzeugt davon, dass dieses Arschloch nicht unerheblich dazu beigetragen hatte.

»Kein Wunder«, brachte ich rau hervor.

Sie gab ein fragendes Geräusch von sich.

Unwillkürlich presste ich sie noch enger an mich; als könnte ich so diese schreckliche Erinnerung auslöschen, die offenbar noch immer auf ihr lastete. »Kein Wunder, dass du so verdammt angespannt bist. Du musst wahrscheinlich die ganze Zeit an letztes Jahr denken. Aber weißt du was?«

Sie begann, in meinen Armen zu zappeln, aber das war mir nur recht. Vorsichtig schob ich sie ein Stück von mir; sah, wie ihre Augen schimmerten. Verletzlich. Und verletzt. »Was denn?«

Obwohl es mich einiges an Anstrengung kostete, lächelte ich sie an. »Das können wir ändern. Wäre doch gelacht, wenn wir dir die Freude an Weihnachten nicht zurückgeben könnten. So eine Verschwendung. Überlass das nur mir, ja? Ich habe genug Motivation für uns beide.«

Im ersten Moment wirkte sie wie erstarrt. Dann verwirrt. Und schließlich ... schließlich erhellte das erste, echte Lächeln ihre Züge, seit wir aufgebrochen waren. Sie glaubte mir. »Okay. Das möchte ich wirklich gerne versuchen.«

»Gut.«

Dieses Mal gab ich meinem Bedürfnis nach. Hier, direkt neben dem Lángos-Stand, neben Frittierfett und fremden Leuten, umfasste ich mit kühlen Fingern ihr Gesicht und legte meine Lippen auf ihre; versuchte, auf diesem Weg meine Worte zu besiegeln. Sie erwiderte meinen Kuss. Schmiegte sich leise seufzend an mich. Erst, als ich sah, dass ihre Augen sich schlossen, sanken auch meine Lider hinab, und ich genoss die erste echte Nähe zwischen uns. Denn so viel war mir klar – soeben hatte sie mir den Schlüssel zu ihrem Innersten überreicht. Und das hatte doch etwas zu bedeuten, oder nicht?

Ich wollte sorgsam damit umgehen.

9

Amelie

Es hatte mich so viel gekostet, ihm die Wahrheit zu sagen. Aber in jenem Moment hatte ich einfach keine andere Wahl. Ich war auf dem besten Weg, Nikolas mit meinem Verhalten zu verprellen. Mein Geständnis hätte alles kaputt machen können, aber stattdessen hatte er es lediglich als Ansporn verstanden.

Vielleicht hätte es mir zu viel sein müssen. Ziemlich sicher sogar. Aber offenbar war er der Meinung, mir den Zauber und die Unbeschwertheit der Weihnachtszeit zurückgeben zu müssen – es zu können. Und so sehr ich immer noch mit dieser unglaublichen Verletzung zu kämpfen hatte, mit dieser Demütigung und der damit verbundenen Unsicherheit, war ich doch bereit, ihm und seinen Mühen eine Chance zu geben.

Denn was, wenn er es schaffte?

Was, wenn es Nikolas wirklich gelang, die schrecklichen Erinnerungen zu überlagern? Ich hielt es für nicht allzu unrealistisch. Er war toll. Aufmerksam und lustig, überhaupt nicht oberflächlich.

Zumindest tut er so, zischte die verletzte Stimme der Unsicherheit in mir. *So wie Martin damals auch.*

Ja, das war mein größtes Problem. Ich zweifelte an meiner Menschenkenntnis. Wusste nicht, wie klug es war, ihm zu vertrauen. Nikolas war anders als Martin. Er war so viel größer. Und damit hatte er die Macht, mich noch viel gründlicher zu zerstören, als es Martin jemals geschafft hatte. Aber anstatt mich deshalb zurückzuziehen, auf mein Bauchgefühl zu hören, das mir sagte, dass ich vorsichtig sein musste, ließ ich mich darauf ein.

Immerhin würde ich sagen können, dass ich mich offenen Auges in mein Unglück gestürzt hatte, wenn dies hier ähnlich schief ginge. Volles Risiko. Ich war sowieso bereits zu tief drin. Dass Nikolas sich ausgerechnet für mich interessierte, dass seine Freunde so nett zu mir waren ... all dies führte dazu, dass ich einfach nicht mehr zurückkonnte in die Unsichtbarkeit.

Und hatte ich genau das nicht gewollt? Hatte ich nicht genau nach diesem Anschluss gesucht? Zwar hatte ich nicht damit gerechnet, dass ich diesen ausgerechnet bei den heißesten Jungs des Semesters finden würde, mehr bei ein paar nerdigen Außenseitern, mit denen ich stundenlang in der Bib sitzen und abends noch Filme gucken konnte – aber wer wurde schon wählerisch?

Ich jedenfalls nicht. Nicht mehr.

Mein Herz war bereits viel zu sehr involviert, und das nach nur wenigen Wochen. Ich würde wohl nie lernen.

Nikolas schien jedenfalls fest entschlossen zu sein. Nachdem unser erster Abend auf dem Weihnachtsmarkt nach meinem Geständnis nur wenig besser geworden war, legte er eine unendliche Motivation an den Tag, es beim nächsten Mal besser zu machen. Als wenn er derjenige gewesen wäre, der den Abend so versaut hatte!

Schon am nächsten Tag holte er mich ab, für einen zweiten Versuch. Ich war unsicher, ob es funktionieren würde, doch er traf genau die richtigen Töne. Tat am Anfang so, als wäre es wirklich ein zweiter Anlauf, eine Kopie, nur dass es diesmal unter anderen Voraussetzungen stattfand. Wir führten das dämliche »Welcher Typ bist du?«-Gespräch, wir aßen Lángos. Obwohl ich im ersten Moment befürchtete, spätestens an dieser Stelle wieder einzuknicken, passierte es erstaunlicherweise nicht.

Vielleicht, weil er sich so verdammt viel Mühe gab.

Vielleicht, weil ich es wollte.

Es war ... überraschend nett. Am Ende war ich sogar ein bisschen beschwipst von dem ganzen Kakao mit Schuss, mir war etwas übel von dem vielen Essen, das noch gefolgt war, und ich besaß eines von diesen Lebkuchenherzen – der Klassiker mit der Aufschrift »Süßer Engel.« Ich hatte darüber gelacht, hinter verschlossener Tür jedoch sorgfältig nach einem hübschen Ort für diesen Schatz gesucht und es schließlich an mein Bücherregal gehangen – mit heftig kribbelndem Bauch.

Becca stellte mir eine Menge Fragen. Sonntags erfuhr ich, dass sie Nikolas offen mit ihren Zweifeln konfrontiert hatte; ich wusste nicht, ob ich deshalb sauer oder froh sein sollte. Irgendwie empfand ich beides. Ich nutzte den Nachmittag, um auch ihr zu erzählen, was Nikolas bereits von mir erfahren hatte. Scheinbar war es Zeit, sich zu öffnen. Nikolas hatte bereits wütend gewirkt, aber das war nichts gegen Beccas Reaktion, die augenblicklich die qualvolle Kastration eines ihr fremden Mannes plante. Ich hätte niemals gedacht, darüber lachen zu können, doch während sie mit rotfleckigem Gesicht durch ihr Zimmer stapfte und eindeutige Handbewegungen machte, wurde mir leicht ums Herz. Noch leichter, als es mir am vergangenen Abend geworden war, nachdem Nikolas mich heimgebracht, mir einen sanften Kuss gegeben und mir mit ernsthafter Stimme versprochen hatte, dass wir auf einem guten Weg seien.

Wir.

Ein Wort, drei Buchstaben. Und es löste so viel in mir aus.

Als wir uns in der kommenden Woche in der Uni

wiedersahen, begrüßte mich Nikolas auf eine Weise, die mir augenblicklich den Boden unter den Füßen hinfort zog: Ich lief den altbekannten Flur hinab Richtung Soziologietrakt. Wie schon in der vorigen Woche stand Nikolas bereits gemeinsam mit den Jungs vor dem Seminarraum. Kaum hatte ich die Treppe betreten, begegneten sich unsere Blicke. Er kam mir entgegen, soweit erstmal normal, und mein Puls beschleunigte sich. Als wir uns in der Mitte trafen, überlegte ich, ob wir uns umarmen würden oder was auch immer; da legte er bereits beide Hände um mein Gesicht und küsste mich.

Vor allen Leuten.

Ich brauchte einen Moment, ehe ich meine Arme um seine Taille schlang und diese neue Form der Begrüßung erwiderte, doch als es so weit war, knurrte er zustimmend in meinen Mund. Mich überzog eine intensive Gänsehaut am gesamten Körper.

Irgendwo hinter uns hörte ich Getuschel, sogar ein Lachen, aber es war mir schlichtweg egal. Nikolas‘ Zunge strich sanft über meine, löste sämtliche Zweifel in Wohlgefallen auf, und als er dann auch noch seine Stirn auf meiner ablegte, brannte es hinter meinen Lidern.

Bitte nicht. Hier zu weinen, nach diesem Kuss, wäre echt das Letzte.

Er lachte leise auf. »Alles klar?«

Ich nickte an seinem Kopf, atmete zittrig durch und spürte erleichtert, dass das Brennen geringer wurde. Als ich mich wieder traute, ihn anzusehen, fühlte ich mich beinahe normal.

Also, abgesehen von den prickelnden Wangen, dem leichten Gefühl in meiner Magengrube und dem Wissen, dass Nikolas überall zeigte, dass wir gerade ... na ja, was auch immer. Miteinander gingen? Uns kennenlernten? Ich schob den Gedanken beiseite, wollte uns keinen Stempel aufdrücken, aus Angst, es dadurch zu verkomplizieren.

Und so ging es weiter.

Nikolas empfand keinerlei Scheu dabei, mich in aller Öffentlichkeit zu küssen. Er hatte es auf dem Weihnachtsmarkt getan, ja, auch auf der Wohnheimparty, aber irgendwie schien das hier anders zu sein. Ich fühlte mich viel mehr beobachtet, und daher war es gewichtiger.

In dieser Woche begleitete ich ihn und die anderen auch das erste Mal in die Mensa. Keine Ahnung, wieso ich mich bisher so davor gescheut hatte. Die Vorstellung, mit ihm an einem Tisch zu sitzen und zu essen, unter den Augen aller, die sich darüber den Mund zerreißen würden, wieso er ausgerechnet mit jemandem wie mir Zeit verbrachte, und bei jedem nicht-aus-Salat-bestehenden Bissen beobachtet zu werden, erschien mir bisher undenkbar. Aber am Wochenende hatte sich etwas verändert. Ich hatte begonnen, ihm wirklich zu glauben. Und das half mir wiederum zu vertrauen.

Am letzten Tag des Novembers stand Nikolas unangekündigt vor unserer WG. Ich geriet in leichte Panik, als ich ihm nichts ahnend die Tür öffnete; Becca und ich hatten kurz zuvor Pizza bestellt und daher rechnete ich mit dem Lieferdienst. Aber dann war er es, der den Türrahmen ausfüllte. Hochgewachsen, gutaussehend, gestylt. Und ich? Steckte in einem schlabberigen Pulli und Wollleggings, war ungeschminkt und zerzaust. Doch als er mir in die Augen sah, erkannte ich nichts als Freude und Aufregung. Kein kritischer Blick, kein Stirnrunzeln.

Trotzdem warf ich im ersten Moment die Wohnungstür wieder ins Schloss.

»Komm schon, Streberchen«, drang seine lachende Stimme durch die Pressspanplatte. »Lass mich rein. Ich habe eine Überraschung für dich.«

Becca hatte sich mittlerweile zu mir in den Flur gesellt, in klarer Erwartung ihrer Spinatpizza, doch als sie meinen panischen Blick sah, musste sie lachen. Für einen Moment zog ich in Erwägung, sie übernehmen zu lassen, damit ich mich auffrischen konnte, doch letztlich war es zu spät. Er hatte mich sowieso schon gesehen. Ich ließ ihn also selber wieder rein.

Seine Überraschung bestand aus einem Adventskalender. Zwar ein einfacher mit Schokolade, kein sonderlich ausgefallenes Teil, aber er rührte mich damit dennoch zu Tränen. Ich konnte mich nicht erinnern, wann ich zuletzt einen Adventskalender gehabt hatte. Definitiv nicht mehr in den letzten Jahren. Wir endeten damit, dass wir uns zu dritt zwei Pizzen und die Pizzabrötchen teilten, in meinem Zimmer auf dem Fußboden, mit Netflix im Hintergrund und einer strahlenden Becca, die mir androhte, den Kalender zu plündern, wenn ich nicht aufpasste.

Nikolas fragte sie, ob sie am kommenden Wochenende Lust hatte, uns und die Jungs auf den Weihnachtsmarkt zu begleiten (auf diesem Weg erfuhr ich auch von seinen Plänen, in die ich noch nicht eingeweiht war), und sie stimmte nach kurzem Zögern zu. Auch sie hatte allen Grund, ein Weihnachtszeitmuffel zu sein, mit gebrochenem Herzen und so, aber Nikolas hatte offenbar eine Mission. Eine, die sich auf sie ausweitete.

Und so zogen wir am kommenden Wochenende gemeinsam los. Nikolas und ich, Becca, Lukas, Higgs, Fred – und Magnus, der seine Freude kaum verbergen konnte, dass seine Schwester uns begleitete. Diesmal war es anders. Kein romantischer Abend zu zweit, aber unwahrscheinlich lustig. Zu Beginn empfand ich noch Unbehagen; vor einem Jahr war ich auch mit einer größeren Gruppe ausgegangen, nur um im Anschluss den größten Fehler meines Lebens zu begehen, doch entweder war Nikolas sich dessen bewusst und er hatte konkret geplant, diese Erinnerung zu löschen, oder er hatte es nicht auf dem Schirm, machte aber dennoch alles richtig. Der Abend machte Spaß, er war nett – und Nikolas zeigte im Anschluss keine Anstalten, mich zu sich einzuladen oder zu uns mitkommen zu wollen.

Und so ... brach auch dieser Bann.

In der nächsten Woche fühlte es sich bereits noch natürlicher an, wie Nikolas mit mir umging. Seine öffentliche Nähe war schön, sie ließ mich aufblühen. Es begann wieder zu schneien, ähnlich dicke Flocken wie in jener Nacht in der Bibliothek, und zum ersten Mal seit einem Jahr dachte ich bei diesem Anblick nicht an Martin und seine gemeine Wette. Offenbar trug Nikolas‘ Einsatz Früchte.

Als ich mittwochs nach meinem letzten Seminar die Bibliothek ansteuerte, lief ich Lani über den Weg. Es war das erste Mal seit jener Party, und ihr Anblick löste gemischte Gefühle in mir aus. Ich zog sogar in Erwägung, mich zwischen zwei Säulen zu verstecken, bis sie an mir vorbei war, doch ich zögerte einen Moment zu lang. Als sie mich erblickte, erhellte sich ihre Miene.

»Amelie! Ich dachte schon, dich gibt es gar nicht mehr!« Mit ausgebreiteten Armen, froschmundähnlichem Grinsen und einem Hauch von Vanille lief sie auf mich zu, begrüßte mich sogar mit einem so typischen Luftkuss, wie ich ihn schon oft bei anderen beobachtet hatte.

Ihr Überschwang machte mich ehrlich gesagt sprachlos.

Um die Stille zu überbrücken, lachte sie auf. »Na ja, wie auch immer. Hast du auch Feierabend für heute? Wie wäre es, wenn wir irgendwo einen Kaffee trinken gehen?«

Ihr Verhalten verunsicherte mich. Die Stimme der Vernunft sagte mir, dass ich vorsichtig bei ihr sein sollte, aber andererseits hatte ich keinen Grund, misstrauisch zu sein. Letztlich entschied ich mich für einen Kompromiss. »Eigentlich wollte ich jetzt noch ein bisschen in die Bib.«

Ihr Lachen wurde ironischer. »Ach komm schon, sei kein Langweiler. Das Semester hat gerade erst angefangen, ich glaube kaum, dass du das nötig hast. Komm, ich weiß, wo es einen unfassbar guten Karamell-Macchiato gibt.« Mit diesen Worten hakte sie sich bei mir ein, ließ mir gar keine andere Wahl, als ihr zu folgen. Sie zog mich geradewegs an meinem Zielort vorbei und nach draußen. Offenbar gab es diesen tollen Kaffee nicht an der Uni.

❄

Wir fuhren in die Stadt. Mit ihrem Auto, einem absolut coolen Mini Cooper – ein Wagen, von dem ich früher immer geträumt hatte. Ein kleiner Duftbaum in Kussmundform baumelte vom Rückspiegel, verbreitete einen süßlichen Duft, und laute Popmusik schallte aus den Lautsprechern, kaum dass Lani den Motor gestartet hatte.

Eine richtige Mädchenkarre.

Sie fuhr in den neueren Teil der Innenstadt, parkte souverän in einem der sündhaft teuren Tiefgaragen und bedeutete mir, ihr nach draußen zu folgen, alles, ohne mehr als zwei weitere Sätze mit mir zu wechseln. Sobald sie nicht hinterm Steuer saß, tippte sie auf ihrem Handy herum, zog dabei die interessantesten Grimassen und machte immer wieder irgendwelche Fotos. Vermutlich für Instagram.

Sie war dermaßen das Gegenteil von mir, dass ich bereits überlegte, ob es überhaupt Sinn machte, Zeit mit ihr zu verbringen, als wir schließlich ein hip aussehendes Café im Theaterviertel erreichten. Grinsend deutete sie auf die erleuchtete Glasfassade, durch die ich eine lange Schlange entdecken konnte. »Versuchen wir unser Glück.«

Glück war es im wahrsten Sinne des Wortes, dass wir einen Tisch ergatterten. Nicht nahe der besagten Glasfront, wie Lani schmollend in Kauf nahm, sondern mitten im

Raum; einer jener Plätze, die auch ich normalerweise mied, aber offenbar konnten wir froh sein, überhaupt sitzen zu können. Die hübsche Rothaarige bedeutete mir, den Tisch zu hüten, und eilte an die Theke. Ich nutzte den Moment, um selbst mein Handy zu checken, hatte jedoch keine nennenswerten Benachrichtigungen. Zu gerne hätte ich Lani bei Instagram gesucht und nachgesehen, ob meine Vermutung stimmte, aber da ich keinen Anhaltspunkt hatte, steckte ich das Handy wieder in die Tasche. Kurz darauf kehrte sie zu mir zurück, mit einem kleinen, runden Tablett, auf dem zwei schlanke Gläser mit duftendem Kaffee standen, sowie zwei Teller mit winzigen Brownies.

»Was bekommst du dafür?«

Sie schüttelte beinahe verärgert den Kopf. »Lass gut sein.«

»Oh, okay, danke.« Ich nahm einen vorsichtigen Schluck aus dem dunkelroten Strohhalm, in dem vollen Bewusstsein, dass sie mich beobachtete, musste meinen Genuss aber zum Glück nicht vortäuschen. Es war wirklich lecker. Lani quittierte mein Seufzen mit einem zufriedenen Nicken. Dann zückte sie ihr Handy.

»Darf ich?«

Eigentlich war ich nicht damit einverstanden, aber sie hatte mich gerade eingeladen, also nickte ich widerstrebend. »Klar.«

Lani rutschte zu mir herüber, machte ein paar Selfies, zeigte mir schließlich eines, auf dem sie einen Knutschmund zog und ich zögerlich lächelte. »Das lade ich in meine Story hoch, okay?«

Noch ehe ich reagieren konnte, flogen ihre Finger bereits über das Display, und ich nahm verlegen einen weiteren Schluck des Macchiatos.

Während sie sich mit ihrem Handy beschäftigte, ließ ich meinen Blick schweifen. Das Café war überfüllt mit Leuten in unserem Alter. Viele wirkten wie Kopien von Lani, saßen gemeinsam am Tisch, waren aber jeder in ihren virtuellen Welten versunken. Draußen hatte es wieder zu schneien begonnen, und ich stellte mir vor, wie schön es wäre, jetzt wieder im Wirtschaftstrakt der Bibliothek zu sitzen und hinaus zu blicken. Oder, alternativ einen Spaziergang zu machen. Draußen, in der Natur.

Plötzlich räusperte Lani sich und lenkte so meine Aufmerksamkeit auf sich. »Viel passiert in letzter Zeit, hm?«

Ich blickte sie zurückhaltend an. »Was meinst du?«

»Na ja. Offenbar hast du es echt geschafft und dir Nikolas geangelt.« Sie lachte gekünstelt auf. »Entschuldige, du weißt doch, mein Tratschbedürfnis.«

»Vorhin meintest du noch, du hast dich gefragt, ob es mich noch gibt«, rief ich ihr stirnrunzelnd in Erinnerung.

»Ja, aber doch nur, weil ich dich nie sehe. Nur von dir höre.« Sie legte ihren Kopf schräg. »Was natürlich die Klatschmühlen antreibt.«

Ich hatte mich nicht gerade versteckt; im Gegenteil. Darauf hinzuweisen, erschien mir aber müßig, also zuckte ich nur mit den Schultern. »Die Uni ist groß.«

»Iss den Brownie, der ist super.« Lani selbst machte keine Anstalten, ihren anzurühren, aber da ich nichts Besseres zu tun – und gegen Schokolade nie etwas einzuwenden – hatte, folgte ich ihrer Anweisung und brach mir ein kleines Stück ab. Sie redete unterdes weiter. »Man hört, Nikolas wäre sehr glücklich. Gratuliere, damit hast du dir einen der heißesten Kerle der Uni gekrallt. Wie hast du das hinbekommen?«

»Wieso? Willst du Tipps, wie du ihn dir holen kannst?« Es sollte ein Scherz sein, weshalb ich auflachte, aber der wackelige Laut unterstrich eher meine Unsicherheit.

Lani verdrehte die Augen. »Klar, ich bin hier, um mir

Tipps zu holen, wie ich ihn dir ausspannen kann. Hältst du mich für so blöd?«

»Nein«, brachte ich eilig hervor. »Natürlich nicht.«

Sofort wurde ihre Miene freundlicher. »Na also. Erzähl. Was hast du getan?«

»Eigentlich nichts Besonderes.« Ich dachte konzentriert nach, aber nein, da war nichts. Im Prinzip hatte ich mich wie immer verhalten, war sogar nicht gerade freundlich und ermutigend zu Beginn. Und doch hatte es irgendwie funktioniert.

»Und jetzt seid ihr ein richtiges Pärchen?«

Ihre Frage nährte meine Unsicherheit; bezog sie sich doch auf meine eigenen Fragen zu diesem Thema. »Was heißt das schon«, versuchte ich, ihr auszuweichen. »Wir verbringen viel Zeit miteinander und es ist schön. Wir haben dem Ganzen kein Etikett verliehen.«

»Aha«, sagte sie langsam. Schlürfend nahm sie einen Schluck aus ihrem Glas, ehe sie sich verschwörerisch vorbeugte. »Und? Ist er so eine Granate im Bett, wie man munkelt?«

Hätte ich ebenfalls an meinem Kaffee genippt, er wäre wohl prustend quer über den Tisch gespritzt. So entkam mir nur ein überraschter Laut, und mein Gesicht fing Feuer. Aber so richtig. »Äh, also -«

»Entschuldige«, sagte Lani grinsend. »Das war sehr indiskret, oder?«

Gefangen in meiner Überraschung brachte ich eine Mischung aus Nicken und Kopfschütteln zustande, aber kein Wort über die Lippen.

Sie zwinkerte mir zu. »Ich wette, es gibt kein Mädchen an der Uni, das sich ihn nicht bereits nackt vorgestellt hat. Die breiten Schultern, dieses sexy Lächeln ... hat er so viele Muskeln, wie ich vermute? Er ist doch Sportler. Gott, er muss eine Ausdauer haben.« Übertrieben fächelte sie sich Luft zu. »Ich bin ja so neidisch.«

»Hm«, brachte ich hervor; hatte plötzlich ganz eigene Bilder vor Augen. Bisher hatte ich absolut vermieden, darüber nachzudenken, was es bedeutete, wenn wir mehr Zeit miteinander verbrachten. Wir küssten uns, hielten Händchen. Nikolas wusste von meinem schrecklichen ersten Mal, deshalb war er sicherlich verständnisvoll. Aber irgendwann würde auch er mehr wollen, nicht wahr? Und dann? Ich hatte weder Erfahrung noch ein gutes Gefühl bei der Sache.

Lani hatte mich nicht aus den Augen gelassen; ihre Miene änderte sich, verzerrte sich auf merkwürdige Art. »Nein.« Sie atmete scharf ein. »Sag nicht, ihr habt noch nicht? Das ist überraschend.«

Aus dieser Situation konnte ich mich nicht mehr befreien, ohne zu lügen oder den Tatsachen ins Gesicht zu blicken. »Wir gehen es langsam an«, brachte ich lahm hervor, kassierte dafür aber nichts als einen mitleidigen Blick.

Natürlich machte ich mir augenblicklich Gedanken. Lani begann, mir einige Tipps zu geben; offenbar ging sie fest davon aus, dass es einzig an mir lag, und in gewisser Weise hatte sie ja auch recht. Sie schien ehrlich daran interessiert zu sein, dieses Problem zu lösen, doch ich? Ich schweifte mit den Gedanken ab. Das ungute Gefühl in meiner Magengrube wuchs und wuchs, bis es sich wie ein prall gefüllter Ballon anfühlte.

Etwa zwanzig Minuten später sprang Lani plötzlich auf. »Mist, ich habe noch einen Termin. Kommst du von hier aus alleine nach Hause?«

Ich nickte wie betäubt, bedankte mich noch einmal für ihre Einladung und sah zu, wie sie blitzschnell verschwand. Zurück ließ sie mich mit ihrem Brownie, den sie nicht angerührt hatte, und einer neu erwachten Unsicherheit, die mir beinahe die Luft abschnürte.

Ein Blick aufs Handy offenbarte mir eine Flut an Benachrichtigungen. Nun wusste ich, wie Lani bei Instagram hieß, sie hatte mich auf dem Foto markiert und folgte mir.

Wie sie auf mich aufmerksam geworden war? Gute Frage. Nachdenklich betrachtete ich unser Bild, auf dem man sehr gut meine zwiespältigen Gefühle erkennen konnte, und fragte mich, was zum Teufel das hier eigentlich gewesen war.

Wäre ich doch bloß in die Bibliothek gegangen.

10
Nikolas

Es gefiel mir ganz und gar nicht, dass Lani schon wieder Zeit mit Amelie verbracht hatte. Ein Bild der beiden in ihrer Story zu sehen, war wie der berühmte Schlag ins Gesicht. Ich wusste augenblicklich, dass sie etwas im Schilde führte.

Blöderweise konnte ich Amelie nicht einfach so fragen, denn wenn ich mich zu misstrauisch zeigte, würde das zu viel Aufmerksamkeit erzeugen. Und ich wollte nicht mit ihr über Lani reden. Ich wollte nicht, dass sie auch nur irgendwie mit ihr in Kontakt war; wollte nicht, dass ihr ihre Existenz überhaupt klar war. Natürlich klang das jetzt sehr bescheuert, aber wenn ich sie nur ansah, witterte ich bereits Gefahr.

Ob Lani ihr unter die Nase reiben würde, dass wir miteinander herumgemacht hatten? Es bereits getan hatte? Wie würde Amelie darauf reagieren?

Diese Ungewissheit machte mich wahnsinnig.

Immerhin antwortete sie wie immer auf meine Nachrichten. Wir schrieben nach wie vor über Instagram; an diesem Nachmittag wurde mir bewusst, dass ich immer noch nicht ihre Handynummer hatte. Wenn man bedachte, wie lange wir uns mittlerweile kannten, schon eine ungewohnte Angelegenheit. Es wurde dringend Zeit, dies zu ändern. Grinsend schickte ich ihr eine Nachricht.

Mal angenommen, ich würde mit dir telefonieren wollen. Wie kann ich das anstellen?

Ihre Antwort kam postwendend, brachte mich zum Lachen.

Was ist das denn für eine blöde Frage? Muss ich dir etwa erklären, wie ein Telefon funktioniert?

Nein, eigentlich war das nur der schlechte Versuch, endlich an deine Nummer zu kommen. Die habe ich nämlich noch nicht, weißt du?

Oh.

Als sie mir kurz darauf ihre Handynummer schickte, rief ich sie umgehend an. Das geschriebene Wort konnte vieles verschleiern, und auch wenn sie wirklich nicht sauer auf mich wirkte, musste ich hören, dass alles in Ordnung war. Es klingelte ganze drei Mal, ehe sie den Anruf entgegennahm. »Du meintest das ernst.«

»Natürlich.« Lächelnd ließ ich meinen Blick nach draußen schweifen. Vom Schreibtisch in meinem Einzimmer-Appartement hatte ich einen netten Ausblick auf einen kleinen Park. Gedankenverloren schob ich meinen Laptop ein Stück beiseite und lehnte mich in meinem knarzenden Bürostuhl zurück. »Bisher habe ich doch immer mein Wort gehalten, oder?«

Ein kurzes Knistern in der Leitung. Dann: »Ja, das stimmt.«

»Wie war dein Tag noch? Hast du Sozialrecht gut überstanden?«

»Hat sich etwas gezogen, aber ja. Der Rest war in Ordnung.«

Sie zögerte erneut, und ich konnte ihre unausgesprochenen Worte beinahe fühlen. Augenblicklich umfasste ich das Handy fester, beugte mich vor. Obwohl es mir mies vorkam, fühlte ich ihr auf den Zahn. »Warst du in der Bibliothek erfolgreich?«

»Nicht wirklich.« Sie atmete tief durch. »Erinnerst du dich an das Mädchen von der Wohnheimparty? Lani? Kurz vor der Bibliothek ist sie mir über den Weg gelaufen und hat mich auf einen Kaffee eingeladen. Wir waren in der Stadt.«

An dieser Stelle hätte ich wohl erwähnen müssen, dass ich dies bereits wusste, aber ich hielt den Mund. Stattdessen gab ich nur einen undefinierbaren Laut von mir.

»Im Nachhinein wäre ich wesentlich lieber Lernen gegangen, um ehrlich zu sein.«

»Okay? Wieso das?«

»Ach ...« Sie begann herumzudrucksen. »Ich kann sie noch nicht richtig einschätzen. Ich weiß, das ist blöd. Immerhin habe ich mir mehr Kontakte gewünscht, und jetzt bin ich so zurückhaltend -«

»Das ist aber doch richtig so«, unterbrach ich sie eilig, erleichtert darüber, dass sie offenbar ebenfalls spürte, dass etwas mit Lani nicht stimmte. »Du musst doch nicht mit jedem befreundet sein, der dir über den Weg läuft. Du kannst dir immer noch aussuchen, mit wem du Zeit verbringst und mit wem nicht.«

»Ja, das stimmt schon.« Sie seufzte auf. »Aber vielleicht bin ich da auch einfach zu kritisch. Wer weiß.«

Ich wusste nicht, was ich darauf erwidern sollte.

»Sie ist so anders als ich«, platzte es schließlich aus ihr heraus. »In jedem einzelnen Punkt. Sie hat die Hälfte der Zeit damit verbracht, alles zu dokumentieren. Für Instagram vor allem. Sie hat sogar ein Bild von uns in ihrer Story gepostet, obwohl wir uns doch wirklich kaum kennen.«

Amelie atmete tief durch. »Na ja, wie auch immer. Der Großteil aller Besucher hing nur am Handy. Vielleicht bin ich auch einfach ein Alien in diesem Wahnsinn.«

Unwillkürlich dachte ich daran, dass auch ich sehr oft auf das kleine Display starrte und sehr viel Zeit in den sozialen Netzwerken verbrachte. Ich postete eigentlich jeden Tag irgendetwas, hatte mir nie viel dabei gedacht. Plötzlich sah ich das alles mit anderen Augen. »Du bist kein Alien«, brachte ich eilig hervor. »Du bist bewundernswert, weil du dich nicht so in die virtuellen Welten stürzt wie andere.«

»Außerdem hat sie mich ganz schön gelöchert«, sagte sie leise, ohne auf meine Worte einzugehen.

Eiseskälte erfüllte meine Magengrube. »Inwiefern?«

»Was denkst du denn?« Ihr Lachen klang sehr gekünstelt. »Wegen dir. Ich glaube, sie will mich einfach nur über dich ausquetschen. Um ehrlich zu sein, bezweifle ich stark, dass sie wirklich an mir interessiert ist. Schon auf der Party war eine ihrer ersten Fragen, ob wir zusammen sind -«

»Und?«, fiel ich ihr ins Wort. »Was hast du gesagt?«

»Äh. Um ehrlich zu sein, wusste ich nicht, was ich darauf erwidern soll.« Die Worte kamen sehr zögerlich. »Ich meine, wir haben nie darüber geredet. Was wir auch gar nicht müssen, wir sind ja nicht im Kindergarten. Ich bin, ich meine ... ach, verdammt.«

Einerseits empfand ich Enttäuschung darüber, dass sie nicht konkreter auf diese Frage reagiert hatte, andererseits berührte mich ihre niedliche Unsicherheit. Und sie hatte recht. Wir hatten nie darüber gesprochen, was das zwischen uns war – weil ich es schlicht nicht für nötig erachtet hatte. Amelie war viel ungeübter in diesen Dingen als ich, kein Wunder also, dass sie ratlos war. »Findest du, wir sollten das ändern?«

»So meinte ich das nicht. Es ist okay für mich, und ich habe auch überhaupt keine Erwartungen. Das wollte ich damit ehrlich nicht sagen -«

»Amelie«, unterbrach ich sie sanft. »Das weiß ich. Aber vielleicht ist es nicht verkehrt, darüber zu sprechen, was das zwischen uns ist, findest du nicht auch? Dann ist es für uns beide klarer.«

Sie atmete tief durch. »Okay.«

Mehr würde von ihr nicht kommen, so viel war mir klar. Ich musste schmunzeln. »Also gut. Ich sehe es so: Wir beide treffen uns regelmäßig, hängen in der Uni miteinander ab. Ich finde das schön, will es also nicht so schnell ändern.«

Ein sanftes Atemgeräusch drang durch die Leitung, beinahe ein Seufzen. »Ja, das stimmt.«

»Und ich treffe mich mit keiner anderen Frau. Nicht so wie mit dir.«

»Ich treffe mich auch mit niemandem«, erwiderte sie eilig. »Nicht, dass es viele Interessenten gäbe, aber ich will das auch gar nicht.«

»Na also.« Wärme durchflutete mich. »Das ist doch erstmal das Wichtigste, oder? Es gibt keinen anderen. Wenn du es ...« Ich zögerte. Diese Worte hatte ich wirklich noch nicht oft ausgesprochen. »Wenn du es gerne eine Beziehung nennen möchtest, dann können wir das tun.«

»Ich brauche keine Bezeichnung dafür.« Die Worte kamen so schnell, dass sie mir beinahe missfielen. »Wirklich, darauf wollte ich nicht hinaus. Wir, ich meine ...«

»Es ist wegen damals, oder? Martin? Da hast du doch gedacht, ihr würdet eine Beziehung führen?«

Ihr Zögern sprach Bände. »Ja, aber das spielt keine Rolle mehr. Ich weiß zu schätzen, dass du mir all diese Zeit gibst. Und ich kann verstehen, wenn dir manches zu langsam geht -«

»Moment.« Irritiert kniff ich mir in die Nasenwurzel. »Was meinst du jetzt damit?« Was zur Hölle hatte Lani angerichtet?

»Nichts. Hör mal, ich äh … ich hab noch ein bisschen was zu tun. Wollen wir vielleicht einfach nachher nochmal schreiben?«

Spätestens jetzt war mir klar, dass sie mir etwas verschwieg. Aber was sollte ich tun? Amelie wirkte, als würde sie jeden Moment dichtmachen, und das wollte ich auf keinen Fall riskieren. »Natürlich. Ich habe auch noch die blöde Ausarbeitung vor mir liegen. Wir reden später.«

»Viel Erfolg«, murmelte sie mir zu. Es klang sehr abwesend.

»Dir auch, Süße.«

Und damit legte sie auf. Ich blickte irritiert auf mein Handy, spürte, wie eine Ader in meiner Schläfe zu pochen begann, und unterdrückte den irren Impuls, Lani sofort zur Rede zu stellen. Sie war schuld an Amelies Durcheinander, davon war ich überzeugt.

Den Rest des Nachmittags versuchte ich wirklich, weiterzuarbeiten, doch meine Gedanken schweiften immer wieder ab. Draußen begann es zu dämmern, ein paar Flocken rieselten vom Himmel. Dieses Jahr gab es außerordentlich viel Schnee, mehr als in all den Jahren zuvor. Ich wollte mich darüber freuen. Wollte mich auf die kommenden Feiertage freuen. Aber meine Gedanken drehten sich permanent um Amelie, um ihre plötzliche Zurückhaltung, ihre Vergangenheit.

Und das Gefühl war nicht gut.

Mehrmals nahm ich mein Handy zur Hand, öffnete Instagram, aber da war keine Nachricht von ihr. In meinem Feed passierte einiges, ich folgte neben einigen Freunden auch ein paar bekannten Sportlern und Schauspielern, die sich gerne mit Fotos in Szene setzten. Wenn ich auf Amelies

Profil ging, sah ich nicht viel. Sie hatte schon eine Weile kein Bild mehr hochgeladen, das letzte irgendwann im Sommer, eine schöne Aufnahme von einem menschenleeren Strand; offenbar ein Urlaub mit der Familie, zumindest las ich die Beschreibung so. Auch ihre Story war leer. Obwohl all das nur oberflächliches Geplänkel war, hätte ich mir gewünscht, hier mehr zu entdecken, sie zu verstehen.

Ich speicherte ihre Nummer im Handy ab, öffnete WhatsApp, doch als ich einen gemeinsamen Chat öffnete, sah ich nicht einmal ihr Profilbild. Scheinbar stand ich noch nicht in ihrer Kontaktliste.

Meine Unruhe wuchs.

Gegen halb sieben hielt ich es nicht mehr aus. Ich hatte den Eindruck, als würde das, was zwischen uns stand, wachsen, je mehr Zeit verging. Vielleicht bildete ich es mir nur ein. Vielleicht war ich der Einzige, der es spürte. Aber das alleine war für mich schon Grund genug, um dem auf die Spur zu gehen.

Ich warf den Laptop zu, schnappte mir die Autoschlüssel und war bereits auf dem Weg zu ihr, ehe ich noch einmal darüber nachdenken konnte.

Als ich um kurz vor sieben vor ihrer Haustür stand, zögerte ich kurz. Was, wenn es ihr zu viel war? Wenn sie gar nicht bereit war, mich reinzulassen? Für Zweifel dieser Art war es jedoch zu spät; ich war hier und würde nicht wieder umkehren, ohne zumindest einmal mit ihr geredet und ihr dabei in die Augen gesehen zu haben. Ich konnte nur hoffen, dass ich es mit dieser spontanen Aktion nicht schlimmer machte.

Beccas Stimme ertönte aus der Gegensprechanlage, nachdem ich mich endlich durchgerungen hatte zu klingeln. »Ja?«

Verlegen rieb ich mir den Nacken. »Hey, Nikolas hier. Ist Amelie da?«

»Oh, hey. Na klar. Komm rauf.«

Das Türschloss summte, und ich schob mich eilig in den Flur. Auf dem Weg nach oben versuchte ich krampfhaft, einen unverfänglichen Grund zu finden, warum ich hier war, aber mir wollte keiner einfallen, und als Amelie mich dann auch noch blass und mit großen Augen im Türrahmen begrüßte, war mein Kopf sowieso leergefegt.

Sie war eindeutig angespannt, was meinem Gefühl nicht gerade zuträglich war. Ich versuchte, so ehrlich wie möglich zu lächeln, als ich auf sie zutrat. »Hey.«

»Hey.« Ihr Blick huschte suchend über mein Gesicht. »Habe ich irgendetwas verpeilt?«

Ich schüttelte den Kopf. »Nein. Ich – können wir reden?«

Etwas flackerte in ihren Augen auf; Angst. Sofort wurde mir klar, welche Schlüsse sie gerade ziehen musste, weshalb ich sie als erstes an mich zog, um ihr einen Kuss zu geben. Einen kurzen zwar, aber immerhin. Ich spürte, wie ein Teil der Anspannung von ihr abfiel, und als ich ihr in die WG und direkt weiter ins Zimmer folgte, hoffte ich, dass es mir schon bald auch so gehen würde.

»Möchtest du irgendwas trinken oder so?« Amelie spielte nervös mit dem Zipfel ihres Pullis herum. Wie zu erwarten, war sie alles andere als eingestellt auf Besuch. Da ich aber nicht das erste Mal überraschend hier war, kannte ich ihren legeren Look, und ich mochte ihn. Meine Mundwinkel zuckten in die Höhe, als ich zu ihr trat, einmal mit den Fingern durch den unordentlichen Zopf auf ihrem Kopf fuhr und dann verneinte.

»Okay. Dann ... setz dich doch.« Ihr Blick schweifte einmal kurz zum Schreibtisch, wo ihr Laptop aufgeklappt, aber mit schwarzem Bildschirm stand, drumherum viele Zettel und Bücher. Fleißig wie immer. Ich griff nach ihrer Hand und zog sie zu ihrem Bett, das in einer Ecke des Zimmers stand und tagsüber als Sofa-Ersatz genutzt wurde. Ich begann, mit ihren Fingern zu spielen, da ich sie nach wie vor nicht losgelassen hatte, und kam mir mit einem Mal ziemlich dumm vor.

»Was führt dich hier her? Nicht, dass ich etwas gegen deine Gesellschaft hätte, nur ... dich beschäftigt doch etwas, oder?«

Als ich hörte, wie nervös sie klang, hob ich meinen Blick, begegnete ihren hübschen, hellen Augen. Ich konnte nicht länger um den heißen Brei herumreden, das tat weder mir noch ihr gut, also räusperte ich mich trocken. »Ja, das stimmt. Ich habe seit unserem Telefonat ein sehr ungutes Gefühl.«

Erschrocken zuckte sie zurück, zog sogar an ihrer Hand, aber ich umklammerte sie fest, ließ nicht zu, dass sie zurückwich. »Ist es, weil ich das Thema Beziehung angesprochen habe? Das tut mir leid, ich wollte nicht -«

»Nein«, unterbrach ich sie eilig. »Bestimmt nicht. Ich habe nur das Gefühl, als würdest du mir etwas verschweigen. Etwas, das Lani gesagt oder getan hat.«

Ich hatte mit vielem gerechnet, aber nicht, dass Amelie so rot werden würde. Als hätte jemand einen Schalter bei ihr geknipst, flammten ihre Wangen auf, und sie wandte sich eilig ab. Das war ... interessant.

»Amelie?«

Sie gab nur einen Laut von sich; irgendetwas zwischen Zustimmung und Abwehr. Ich wusste sofort, dass ich auf der richtigen Fährte war.

»Also jetzt musst du aber schon mit mir reden, Süße. Was hat sie gesagt, dass du so durch den Wind bist?«

Erneut begann sie herumzuzappeln, und wenn möglich, vertiefte sich die Röte in ihren Wangen sogar. In mir formte sich eine Ahnung. »Soll ich etwa raten?«

»Nein!«, entfuhr es ihr heftig. Sie warf mir einen

schnellen Blick zu, sah dann wieder beiseite. Das ganze zwei, drei Mal.

Plötzlich musste ich grinsen. Aus einem Impuls heraus – und obwohl mir sehr wohl bewusst war, dass ich damit weiter ging als sonst – warf ich sie auf den Rücken und beugte mich über sie, bis unsere Nasenspitzen voreinander schwebten. Ich spürte ihren Atem auf meiner Haut, heftige, kurze Stöße, die unregelmäßiger wurden. Ihre Lider flatterten.

Langsam begann ich, mit dem Mund über ihre Haut zu fahren. Erst über ihre Nasenspitze, dann ihre Wange hinab, über den einen Mundwinkel. Dann über den anderen. Sie erzitterte spürbar unter mir. »Sag es doch einfach«, murmelte ich an ihrer Haut. »Was beschäftigt dein hübsches Köpfchen?«

»Das ... hier.«

Ich hielt inne. Ihre Stimme klang so aufgewühlt; ich suchte ihren Blick, sah, wie ein Kampf in ihren Augen tobte. »Lani hat ...«

Gerade weit genug, um ihr richtig ins Gesicht blicken zu können, rückte ich ab, blieb aber dennoch über ihr liegen. Sie unter mir zu spüren war ziemlich aufregend, allerdings war ihre Unruhe gerade wichtiger. »Was hat sie?«

Und plötzlich schien sie zu kapitulieren. In einem einzigen Schwall platzten die Worte aus ihr heraus. »Sie hat mich gefragt, wie du im Bett bist und hat irgendwie bemerkt, dass wir so etwas nicht tun, und na ja ...«

Gefangen zwischen Irritation und Belustigung lachte ich los. Das war es? Das war es, was sie so sehr beschäftigt hatte? »Wir tun *so etwas* nicht? Wie meinst du das?«

Dass sie sich gerade vor Unbehagen unter mir wand, nicht vor Lust, war leider allzu offensichtlich und definitiv schade. »Das hier eben.« Sie schluckte fest. »Mehr als küssen.«

Obwohl ich gerade am liebsten meinen Unterleib gegen sie gepresst und ihr auf diese Weise deutlich gezeigt hätte, dass ich durchaus bereit wäre, diesen Umstand genau jetzt und hier zu ändern, richtete ich mich auf. Ihre Augen konnten sich gerade eben vor Schreck weiten, da zog ich sie bereits in meinen Schoß, bis sie rittlings auf mir saß. Nun spürte sie natürlich meine Härte, aber es war anders. Ich konnte ihr gleichauf in die Augen sehen. Sanft umfasste ich ihr Gesicht mit beiden Händen, sorgte dafür, dass sie sich nicht erneut abwenden konnte. »Hast du etwa geglaubt, das würde ich nicht wollen?«

Hätte sie gekonnt, sie hätte weggeschaut. Ganz sicher. So jedoch flatterten erneut ihre Lider. Kurz fragte ich mich, ob sie einfach ihre Augen schließen wollte, um mich auszublenden. Ich strich mit den Daumen über ihre erhitzte Haut. »Keine Ahnung ...«

Genau in diesem Moment geschah, was ich mir so sehr erhofft hatte: Die Last fiel von mir ab. Obwohl ich Lani am liebsten auf den Mond gejagt hätte, weil sie es überhaupt wagte, Amelie solche Fragen zu stellen, war es doch weitaus weniger schlimm als erwartet. Das hier – damit konnte ich umgehen. Ganz sicher sogar. »Du irrst dich«, brachte ich rau hervor. »Erstens: Ich bin ein Mann. Und Männer können eigentlich nahezu immer. Zweitens: Du bist eine attraktive Frau. Warum zur Hölle sollte ich kein Bedürfnis danach haben, mit dir zu schlafen?«

»Äh.« Ihre Lider, eben noch auf Halbmast, flogen nach oben, und sie sah mich aus schockgeweiteten Augen an. So süß. So unschuldig.

Ich beugte mich vor, um in ihre Unterlippe zu beißen. Vorsichtig nur, aber es entlockte ihr ein langgezogenes Stöhnen. »Es gibt nur einen einzigen Grund, wieso ich bisher nicht weiter gegangen bin -«

»Es liegt an dem, was ich gesagt habe, nicht wahr?« Sie seufzte auf. »Du weißt schon, in der Bibliothek.«

»Und auf dem Weihnachtsmarkt.« Ich nickte. »Ich wollte dir Zeit lassen. Dass es dich so quält, hätte ich nicht erwartet.« Meine Hände lösten sich von ihrem Gesicht, fuhren an ihren Seiten hinab – und schlüpfen unter ihren weiten Pullover. Sehr zu meiner Freude spürte ich augenblicklich nackte Haut. Weich, erhitzt. Verheißungsvoll.

»Was tust du da?«, rief Amelie alarmiert aus.

Ich lächelte sie wölfisch an. »Oh, ich tue, was ich schon länger tun wollte, mehr nicht.« Mit trägen Bewegungen strich ich über ihre Taille. »Keine Angst. Ich will nur ein bisschen spielen.«

Sie schrie leise auf, als sie erneut in den Kissen landete. Dieses Mal war ich weniger rücksichtsvoll, presste meine Erektion direkt zwischen ihre Beine, was sie japsend nach Luft schnappen ließ, kreiste mein Becken sogar leicht. Gleichzeitig schob ich ihren Pullover ein Stück nach oben, bis ich einen Streifen nackter Haut entblößte. Sie war sehr hell, sah so weich aus, wie sie sich anfühlte, und ich beugte mich hinunter, um einen Kuss direkt oberhalb ihres Bauchnabels zu platzieren.

»Nikolas ...«

Was auch immer sie sagen wollte, es ging in einem weiteren, kleinen Stöhnen unter. Meine Zunge schnellte hervor, ich kostete ihre Haut, schmeckte eine Süße, die mich nach mehr lechzen ließ. Unter anderen Umständen hätte ich jetzt jede Zurückhaltung über Bord geworfen, hätte keine Ruhe gegeben, bis sie nackt unter mir lag.

Aber das hier war Amelie. Sie verdiente es, dass ich mir Zeit nahm.

Sie verdiente es, dass ihr erstes richtiges Mal etwas Besonderes war. Keine spontane Nummer aus Erleichterung und als Reaktion auf etwas, das Lani angestoßen hatte.

Also ließ ich ihren Pullover dort, wo er war: auf halber Höhe. Küsste ihren Bauch, glitt mit den Fingern darunter, um über den Stoff ihres BHs zu fahren. Er war weich, glatt, und dünn genug, damit ich überdeutlich ihre steil aufgerichteten Nippel fühlen konnte. Große Nippel. Ich biss mir auf die Lippe, um nicht zu sehr zu grinsen, als ich leicht in beide gleichzeitig kniff und ihr damit einen so heftigen Laut entlockte, dass ihre Mitbewohnerin es sicher hörte. Mit einem warmen Gefühl in der Magengrube schob ich mich nach oben, um sie zu küssen. Weder langsam noch zurückhaltend. Energisch drang ich mit der Zunge in ihren Mund ein, erforschte ihn, tanzte mit ihrer Zunge. Ihre Hände krallten sich am Stoff auf meinem Rücken fest, und ich presste ein weiteres Mal meinen Unterleib gegen ihren, um wirklich jeden Zweifel zu beseitigen.

Jeden. Verdammten. Zweifel.

Als ich mich von ihr löste, ging mein Atem eben so schwer wie ihrer. Ich sank neben ihr auf die Matratze, brauchte für diesen Moment Abstand, um nicht doch die Kontrolle zu verlieren. Amelie drehte sich auf die Seite, bis wir einander in die Augen sehen konnten. Ihr Anblick war atemberaubend schön. Die Röte in ihrem Gesicht hatte sich verändert; ebenso ihre gesamte Mimik. Sie wirkte irgendwie gelöster. Ihre Augen strahlten mich an, obwohl sie gleichzeitig verschleiert wirkten, voller Lust. Lächelnd fuhr ich mit dem Daumen über ihre Unterlippe. »Ich will dich, Amelie. Und zwar alles. Das ganze Programm. Nur weil ich dich nicht direkt nach unserem ersten Date in meine Wohnung verschleppt habe, heißt das nicht, dass ich kein Interesse an dir habe. Glaub das nie wieder, okay?«

Sie nickte wie betäubt, erneut peinlich berührt. Es war so unglaublich einfach, sie aus dem Konzept zu bringen. Ich liebte es, das zu tun.

»Okay«, brachte sie murmelnd hervor.

»Und deshalb habe ich mir den ganzen Nachmittag Sorgen gemacht.« Ich schüttelte langsam den Kopf. »Wäre ich doch direkt gekommen. Dann hätten wir viel mehr Zeit gehabt.«

»Wofür?«, fragte sie mich atemlos.

»Na hierfür.« Grinsend begann ich erneut, sie zu streicheln; die kurze Pause hatte mir geholfen, meinen Kopf zu klären. Dieses Mal ... machten meine Finger einen Abstecher nach unten, über ihre kurvige Taille und unter den Bund ihrer Leggings, dort über die wunderbare Rundung ihrer Hüfte. Ihre Lider fielen endgültig hinab, als ich begann, mit dem Saum ihres Slips zu spielen, unentschlossen, wie weit ich wirklich gehen wollte. »Du kannst mich übrigens auch sehr gerne berühren, wenn du das möchtest.«

Im ersten Moment war ich nicht sicher, ob sie darauf reagieren würde. Doch dann, wie durch ein Wunder, hob auch sie ihre Hände, schob sie unter meinen Pullover. Überraschend kühl fühlte sich ihre Haut auf meiner an, und ich atmete scharf ein, als sie über meine Bauchmuskeln fuhr.

»Davon habe ich geträumt«, gab sie verlegen zu.

»Wovon?«, fragte ich neckend. »Mit mir herumzufummeln?«

Sie schnaubte leise auf. »Nein. Oder ja. Aber vor allem von deinen Muskeln. Wie du nackt aussiehst.«

»Mach so weiter, und du wirst in genau diesen Genuss kommen«, brachte ich stöhnend hervor. Selbstbeherrschung, verdammt nochmal. »Wann immer du willst, Süße.«

Amelie kicherte auf. »Für den Anfang reicht mir das hier. Ich muss mich an den Gedanken gewöhnen, okay?«

Ich hauchte einen Kuss auf ihre Nasenspitze; die Finger noch immer unter dem Saum ihres Slips, aber an ihrer Hüfte, also einigermaßen züchtig, ihre Hände auf meiner Haut. Obwohl Regionen meines Körpers noch viel, viel mehr wollten, war dieser Moment perfekt.

Genau so.

Ich empfand Aufregung, Vorfreude, und die untrügliche Gewissheit, dass ich schon bald mehr bekommen würde. Damit konnte ich mich definitiv zufriedengeben.

Wer hätte gedacht, dass dieser Tag noch so enden würde?

11

Amelie

Eines hatte Nikolas geschafft: Ich konnte an nichts anderes mehr denken. Obwohl meine Haltung zu Sex bisher eher durchwachsen war, bedingt durch die eine, wirklich unschöne Erfahrung, nahm die Vorstellung, mit ihm zu schlafen, mehr und mehr Raum ein.

Neben fürchterlicher Nervosität und Aufregung verspürte ich deshalb auch ein lustvolles Ziehen in meinem Unterleib. Natürlich musste ich an Lanis Worte denken. Nikolas war heiß, neben ihm fühlte ich mich wie ein hässliches Entlein, auch wenn er mir absolut nicht das Gefühl vermittelte, dass er selbst dieser Meinung war. Als ich an jenem Abend all meinen Mut zusammengekratzt hatte und mit den Händen unter sein Shirt gefahren war, hatte ich einen ersten Eindruck davon erhaschen können, wie gut gebaut er wirklich war. Harte Muskeln, die unter meiner Berührung erzittert waren und die seinen flachen Bauch in eine sanfte Wellenlandschaft verwandelten – ganz anders als bei mir. Ich hatte ebenfalls Wellen, aber nicht aufgrund von Muskeln, sondern Speck, der unkontrolliert wackelte, wenn man ihn anstupste.

Stöhnend vergrub ich das Gesicht in den Händen.

Nach jenem Überraschungsbesuch sahen wir uns ein paar Tage lang nicht außerhalb der Uni. Ich hatte viel zu tun und auch Nikolas ein paar Termine, die sich unglücklich mit meiner freien Zeit überschnitten.

Einerseits war das gut. Ich konnte mich und meine außer Kontrolle geratenen Hormone etwas zähmen. Andererseits steigerte es meine Aufregung ins Unermessliche, bis ich schließlich jedes Mal eine Gänsehaut bekam, wann immer ich auch nur daran dachte, dass wir uns am Wochenende wiedersehen würden.

Becca war nicht gerade eine große Hilfe. Als sie erfuhr, dass wir uns an jenem Abend etwas näher gekommen waren, reagierte sie als allererstes mit einem spitzen Schrei. Kurz darauf saßen wir mit einer Flasche Sekt auf ihrem Bett und sie forderte mich auf, alles zu erzählen. Im Prinzip gab es da gar nicht so wahnsinnig viel, was ich berichten konnte, und insgesamt endete dieser Abend in einem kleinen Zusammenbruch meinerseits, weil ich mich dafür schämte, so unerfahren und voreingenommen zu sein. Meine Mitbewohnerin musste viel mehr Zeit dafür aufbringen, mich aufzubauen, als mir handfeste Tipps für den Ernstfall zu geben, und am nächsten Morgen war ich ziemlich fertig.

In der Uni lief ich Lani nur ein weiteres Mal über den Weg, dieses Mal war ich mit Nikolas und den Jungs unterwegs, und sie bog abrupt in einen der Kursräume ab, kaum dass sie uns erblickt hatte. Obwohl es sehr nach Flucht aussah, versuchte ich, dem nicht viel beizumessen. Wieso hätte sie das auch tun sollen?

Und jedes einzelne Mal, wenn Nikolas mich zufällig berührte, zuckte ich zusammen. So auffällig, dass er mich mit fragend erhobener Augenbraue angrinste. Ich wurde lediglich puterrot und versuchte gar nicht erst, ihm zu erklären, was in mir vorging. Dummerweise gab er sich danach nicht etwa mehr Mühe, seine Finger bei sich zu behalten; im Gegenteil. Ich hegte die Vermutung, dass er mich mit Absicht noch viel häufiger berührte.

Als das Wochenende vor der Tür stand, war ich das reinste Nervenbündel.

Bei unserer Verabschiedung freitags nach der Mensa, weil sich unsere Wege noch ein letztes Mal für unterschiedliche Kurse trennten, strich er mir so sanft mit den Fingerkuppen über die Wange, dass ich erschauderte. Sein Blick brannte sich plötzlich in mich hinein, viel intensiver als noch vor wenigen Augenblicken. Ich schluckte fest.

»Weißt du, was dieses Wochenende ist?«

Ich wackelte langsam mit dem Kopf. »Hm, nein. Habe ich irgendetwas vergessen?«

Sein Lächeln wurde breit, strahlend. »Schon der dritte Advent. Das schreit doch eigentlich nach einem besonderen Programm, findest du nicht auch?«

»Besonderes ... Programm?« Mir quollen beinahe die Augen hervor, weil mir so viele verschiedene Bilder durch den Kopf schossen. Keines davon war jugendfrei.

Kleine Fältchen erschienen in seinen Augenwinkeln, er zwinkerte mir zu. Verdammt. Nikolas wusste ganz genau, was er mir gerade antat! »Folgender Vorschlag. Ich suche ein paar kitschige Weihnachtsfilme heraus und besorge Essen, dann kommst du zu mir und wir machen uns einen gemütlichen Filmenachmittag.« Er pausiert kurz. »Und Abend.«

Weihnachtsfilme. Essen. In meinem Kopf begann sich alles zu drehen. »Am Sonntag?«

Er lächelte mich fein an. »Wir können das gerne Samstag schon machen. Dann können wir Sonntag ausschlafen – je nachdem, wie spät es wird.«

»Heißt das, ich soll bei dir übernachten?« Gott, peinlicher konnte es nicht werden. Ich klang, als würde ich gleich ohnmächtig werden – und im Prinzip fühlte ich mich auch genauso.

»Hey, Niko, kommst du?«

Higgs tauchte hinter uns auf. Nikolas wedelte lediglich mit der Hand, ohne ihn anzusehen. Stattdessen beugte er sich vor, legte seine Lippen an meine Ohrmuschel, sodass sein Atem sanft über meine Haut strich. »Ganz wie du magst. Du kannst sehr gerne bei mir schlafen, Süße. Mein Bett ist breit genug für uns beide.« Abrupt rückte er wieder ab. Zwinkerte mir ein weiteres Mal zu. »Ich schicke dir meine Adresse. Du kannst so gegen drei kommen. Oder weißt du was? Ich hole dich einfach ab, ja? Ich freue mich schon!«

Mit diesen Worten ließ er mich stehen. Keine Wahl, keine Widerrede. Ich sah zu, wie er mit den anderen Jungs davon eilte, einen Ellenbogencheck kassierte und dabei laut auflachte. Um mich herum war alles in Bewegung, aber ich stand einfach nur da, starrte ihm hinterher und versuchte, wieder ein Gefühl in den Beinen zu bekommen, um mich ebenfalls zu meinem Seminar schleppen zu können.

Filme. Essen. Sein Appartement. Das klang doch förmlich nach Intimität – oder etwa nicht? Sprach hier nur mein übersensibles Ich, das nur noch an seine Berührungen denken konnte?

Ehe es peinlich wurde und mich noch jemand auf meine Starre ansprach, setzte ich mich schließlich doch in Bewegung, aber den Rest des Tages war ich in Gedanken überall – nur nicht da, wo ich sein sollte.

❄

Bereits um zwei Uhr war ich fertig. Und damit meinte ich nicht nur meine Nerven, sondern auch den ganzen Rest. War es sehr spießig, dass ich eine kleine Übernachtungstasche gepackt hatte? Musste ich spontaner sein? Vielleicht, aber bei der Vorstellung, womöglich morgen früh neben ihm aufzuwachen und keine Zahnbürste zu haben, um gegen meinen Stinkeatem anzugehen, bekam ich ein flaues Gefühl in der Magengrube.

Also lieber spießig sein und in Kauf nehmen, dass ich

die Tasche heute Nacht unverrichteter Dinge wieder mit nach Hause nehmen musste, als morgen in Verlegenheit zu geraten.

Auch hatte ich mich einer eher übertriebenen Pflegebehandlung unterworfen und stundenlang unter der Dusche gestanden, mich gründlich rasiert, zweifach gewaschen, gepeelt und gecremt, bis meine Haut erst schrumpelig und dann weich geworden war. Nun glänzte mein Haar, die Haut duftete nach Passionsfrucht und Sheabutter, und selbst meine Augenbrauen hatte ich gezupft. Außerdem glaubte ich, dass mir Schwimmhäute zwischen den Fingern gewachsen waren. Zum Glück war Becca dieses Wochenende nicht da, sie hätte mich sonst sicherlich ausgelacht.

Was, wenn all das umsonst war? Ich versuchte, mir nicht auszumalen, was es mit mir machen würde, wenn ich zu viel hinein interpretierte, wenn Nikolas keine Anstalten machte, mich zu berühren.

Oder, viel schlimmer: Was, wenn ich erneut in eine Falle tappte?

Bei diesem Gedanken beschleunigte sich mein Puls auf sehr heftige Art und Weise, und ich presste meine Augen zusammen, weil mir schwindelig wurde. Eigentlich glaubte ich nicht daran. Ich konnte mir einfach nicht vorstellen, dass Nikolas so war wie Martin und all diese anderen Kerle, die mit Frauen spielten. Naiv wie ich war, glaubte ich, meinem Bauchgefühl trauen zu können. Ich würde wohl bald merken, ob ich damit erneut auf die Nase fiel oder nicht.

Erschrocken zuckte ich zusammen, als mein Handy vibrierte. Ich war so in Gedanken versunken, dass ich offenbar die Zeit vergessen hatte, doch als ich den Anruf entgegennahm, sah ich, dass es trotzdem erst halb drei war. Eigentlich noch zu früh. Augenblicklich blieb mein Herz stehen. Es kostete mich alle Mühe, mir meine Sorgen nicht anhören zu lassen. »Hey Nikolas.«

»Hey Süße. Ich hoffe, ich überrumple dich nicht zu sehr, aber ich bin etwas früher fertig geworden. Kann ich dich auch jetzt schon abholen?«

Es dauerte einen Moment, ehe ich realisierte, dass er nicht anrief, um mir abzusagen. Mein stolpernder Puls beruhigte sich nicht so schnell, wie er ausgeflippt war, und meine Kehle kratzte verdächtig. »Oh, ja klar.« Wie gut, dass ich schon lange bereit war. »Sicher. Äh ...«

Er lachte mir ins Ohr. Ein so warmer, angenehmer Laut, dass er sich um meine flatternden Nerven legte und sie beruhigte. »Gut, ich bin quasi da. Du kannst runterkommen. Aber du musst dich nicht hetzen, okay? Ich werde es überleben, wenn ich ein paar Minuten warten muss.«

»Klar.« Ich beendete den Anruf, nur um nervös auf die Füße zu springen und beinahe zu stolpern. Mein Blick fiel auf die Übernachtungstasche; sie war nicht groß, und ich beschloss, sie in meine Lederhandtasche zu stopfen, damit Nikolas sie nicht sofort entdeckte. Dann raste ich noch einmal ins Bad, um mein Äußeres zu überprüfen, tupfte etwas Gloss auf die Lippen und fuhr mit gespreizten Fingern durch mein Haar, um es aufzulockern. Für einen kleinen Moment zog ich sogar in Erwägung, meine Brille schnell gegen Kontaktlinsen einzutauschen, doch die begannen nach ein paar Stunden immer zu brennen, also entschied ich mich dagegen.

Vielleicht war ich keine Schönheit, aber ich hatte mein Bestes gegeben. Es wurde Zeit, herauszufinden, ob das ausreichend für einen Mann wie Nikolas war.

Erfüllt mit einer schrecklichen Aufregung, die mich bei dieser Aussicht erfüllte, verließ ich schließlich die WG.

Nikolas lehnte wie der Inbegriff eines Klischees an der Beifahrertür, mit verschränkten Armen und überkreuzten

Beinen. Fehlte eigentlich nur noch eine Sonnenbrille, die bei den tief hängenden, grauen Wolken aber lächerlich gewesen wäre. Sobald ich durch die Haustür trat, stieß er sich vom Wagen ab, und ein so breites Lächeln verzog seinen Mund, dass ich mich beinahe an meinem eigenen Atem verschluckte. »Das ging schnell.« Er zog mich an der Kapuze an sich, sobald er mich erreichte, und presste seine Lippen auf meine.

Bildete ich es mir nur ein, oder war dieser Kuss anders als sonst? Intensiver?

Ich lehnte mich an ihn, genoss seine Nähe, da sie mich zwar einerseits noch nervöser machte, mich zugleich aber auch beruhigte, so dämlich das auch klang.

Er lehnte seine Stirn gegen meine. »Bereit für einen legendären Samstag?«

Ich lachte leise auf. »Legendär, ja? Ich bin gespannt.«

Darauf ging er nicht näher ein, führte mich nur zu seinem Wagen und öffnete mir galant die Tür.

Die Fahrt zu seiner Wohnung verging schnell. Die meiste Zeit redeten wir nicht viel, der Lokalsender lief im Radio und verkündete einige Veranstaltungen, die an diesem Wochenende stattfanden, was mich auf andere Gedanken brachte. »Ist heute eigentlich gar keine Party oder so?«

Ein Runzeln huschte über seine Stirn, verschwand aber ebenso schnell, wie es aufgetaucht war. »Schon, klar. Wieso, möchtest du ausgehen?«

Ich schüttelte eilig den Kopf. »Nein. Ich dachte nur - ach, schon gut.«

Nikolas seufzte gedehnt auf. »Ich weiß schon. Du wunderst dich, dass ich lieber mit dir zuhause bleiben möchte, richtig?«

Darauf wusste ich keine Antwort. Er hatte recht, aber ich wollte es einfach nicht aussprechen. Meine Unsicherheit war so beschämend, er hatte das nicht verdient. Wieso konnte ich mich nicht besser unter Kontrolle haben? Mir entfuhr ein leises Quietschen, als sich seine große Hand auf meinen Oberschenkel legte, direkt unter den Saum meines Parkas. Augenblicklich schossen kribbelnde Blitze von dieser Stelle aus, sowohl mein Bein hinab als auch hinauf Richtung Unterleib, und ich schloss die Augen.

Offenbar erwartete er gar keine Reaktion von mir, zumindest hakte er nicht nach. Stattdessen begann er, bei einem Weihnachtslied mitzusummen, das gerade im Radio lief. Irgendeine Coverversion von Pentatonix.

Mir wurde bewusst, dass ich gar keine Ahnung hatte, wo genau er eigentlich wohnte, weshalb ich mich vermehrt auf die Gegend konzentrierte. Wir befanden uns immer noch zentrumsnah, in einem Viertel voller Häuser, die zu klein wirkten, um mehrere Wohnungen zu beherbergen, aber zu groß, damit eine stinknormale Familie dort lebte. Offenbar eine Bonzengegend.

Mir entkam ein leiser Pfiff, als er vor genau einem dieser Häuser parkte.

Er lachte. »Damit hast du nicht gerechnet, was?«

Unsere Blicke trafen sich, er wirkte ernst, aber amüsiert. »Die Bergmanns haben im Souterrain ein kleines Appartement. Ich kann mich wirklich nicht beklagen. Für die Lage ist der Preis echt spitze.«

Ich stand etwas verloren neben ihm, während er den Kofferraum öffnete und eine Tasche herausholte, in der sich ein sehr großer, rechteckiger Gegenstand befand. Als ich sie neugierig beäugte, rappelte er leicht damit.

»Hoffentlich hast du nichts gegen Sushi.«

»Ich liebe Sushi«, entfuhr es mir, ehe ich mich bremsen konnte. Was für ein herrlicher Zufall. Die Erkenntnis, dass wir eine weitere Gemeinsamkeit hatten, legte sich wie Seide auf meine Nerven. Nikolas lachte laut auf und legte seinen Arm um meine Schulter, um mich an sich zu ziehen.

»Sehr gut, das wollte ich hören. Es gibt da einen wirklich guten Laden, der aber nicht liefert. Sushi lässt sich gut aufbewahren, deshalb habe ich einfach schon unser Abendessen geholt. Dann muss ich später nicht noch einmal los.«

Natürlich bildete ich mir einen mehrdeutigen Ton in seiner Stimme ein. Etwas verspätet nickte ich zerstreut. »Ja, klar. Das ist doch gut.«

»Komm.«

Ich folgte Nikolas die gepflasterte Zufahrt zum Haus hinab. Es war eines der wenigen in der Straße, das nicht von einem hohen, blickdichten Zaun verdeckt wurde, vielleicht auch nicht unbedingt das pompöseste, aber definitiv beeindruckend. Die riesige, doppelflügelige Haustür schüchterte mich ein, doch ehe wir sie erreichten, bog er mit mir ab und steuerte eine versteckte, aber nicht gerade kleine Treppe zur rechten Seite an. Er hatte sogar einen eigenen Eingang. Wow.

»Willkommen in meinem Heim«, murmelte er mir zu, sobald er seine Wohnungstür aufgesperrt hatte, und bedeutete mir, vor ihm einzutreten.

Im Eingangsbereich, der bereits fast so groß war wie der Flur unserer WG, schlüpfte ich aus meinen Boots. Nikolas half mir aus der Jacke und hängte sie zu seiner überraschend großen Sammlung. Es gab zwei weitere Türen, beide verschlossen.

»Hier ist das Bad«, erklärte er mir und deutete dabei auf die Tür zu meiner Rechten.

Ich wählte also die andere und sog scharf die Luft ein, als ich den Raum auf mich wirken ließ.

Als erstes bemerkte ich, dass er sich Mühe mit der Dekoration gegeben hatte. Es hingen tatsächlich ein paar Lichterketten an den Wänden und verströmten warmes, indirektes Licht. Außerdem gab es einen kleinen, geschmückten Weihnachtsbaum, vermutlich unecht, und eine riesige Plüsch-Elch-Figur, die schielte und eine Weihnachtsmütze trug. Nikolas machte sich an einem Bluethooth-Lautsprecher zu schaffen, kurz darauf ertönte leise, ruhige Musik, die meine Schritte leitete.

Es gab nur einen Raum, ja, aber dafür war er riesig, außerdem vorteilhaft geschnitten. Es gab eine überschaubare Küchenzeile direkt zu meiner Linken, die von einer Theke mit zwei Barhockern abgetrennt war. Nikolas verstaute eine so große Portion Sushi im Kühlschrank, dass ich mich unwillkürlich fragte, ob er noch weiteren Besuch erwartete. Ohne mich zu fragen, nahm er eine Flasche Eistee und goss mir etwas ein. Mich erfüllte Wärme. Bei unseren Mensabesuchen hatte er sich offenbar gemerkt, was ich gerne trank. Er warf mir einen Blick zu, stellte das Glas dann aber nur auf die Theke. Ich konnte mich also erst einmal auf meine Erkundungstour konzentrieren.

Es gab ein großes Tageslichtfenster, das einen hübschen Anblick auf eine verschneite Parkanlage bot. Direkt davor stand ein großer, aufgeräumter Schreibtisch aus Mahagoni. Keine Ahnung, ob man so etwas überhaupt sagen konnte, aber das Teil verströmte nur so männliche Eleganz. Dahinter gab es eine bequem aussehende, breite Couch und einen ziemlich großen, ziemlich flachen Fernseher. Der längliche Raum machte einen Knick; die Fläche dahinter war zusätzlich mit einem großen Bücherregal abgetrennt. Meine Schritte wurden langsamer, doch ehe ich stehenbleiben konnte, legte Nikolas seine Hand auf meinen unteren Rücken und schob mich weiter. Mein Mund wurde trocken, als ich in der versteckten Nische das große Bett entdeckte, von dem er gesprochen hatte; dazu einen Kleiderschrank und eine weitere Lichterkette direkt über dem Kopfende.

Alles etwas protzig, dunkles, glänzendes Holz. Pures Testosteron. Daran änderten auch die Lichtquellen nichts. Unsere Blicke trafen sich, und jetzt war ich mir vollkommen sicher, dass ich mir das Funkeln in seinen Augen nicht einbildete. Er schlang seine Hand um meinen Hals und zog mich an sich.

Kurz bevor sein Mund meinen traf, hielt er inne. Ich spürte seinen Atem auf meiner Haut, ruhig und kontrolliert, und etwas an dieser Geste war so sinnlich, dass meine Knie weich wurden. »Ich werde dich heute zu nichts überreden, Amelie«, sagte er so verschwindend leise, dass ich es mir genauso gut hätte einbilden können. »Aber du kannst mir nicht vorwerfen, dass ich es versuchen werde. Nur als kleine Warnung.«

Noch ehe ich die Chance hatte, etwas darauf zu erwidern, verschloss er meine Lippen mit seinen, und dieses Mal war es definitiv anders.

Heißer. Sinnlicher.

Ich schlang meine Arme um seine Taille, aus Angst, sonst den Halt zu verlieren. Überdeutlich spürte ich die Beule in seiner Hose. Wann genau war das denn passiert? Unsicher, was ich mit dieser Erkenntnis anfangen sollte, wurde ich steif. Nikolas lachte an meinen Lippen auf. »Entspann dich, Süße. Ich habe nicht vor, dich schon jetzt zu überfallen.«

Mit diesen Worten ließ er von mir ab. Trat einen Schritt zurück, griff aber erneut nach meiner Hand und zog mich zurück in den Wohnbereich.

Ich sank auf die Couch, zog meine Füße nach oben und erschauderte, obwohl es nicht gerade kühl war. Dennoch reichte Nikolas mir eine Decke, die ich dankbar über mir ausbreitete. Sie war wie ein schützender Kokon, der mir half, mich mit dieser neuen Situation zu arrangieren.

Nikolas holte meinen Eistee sowie ein weiteres leeres

Glas und ein paar Flaschen, stellte eine Schüssel mit Knabbereien und Weihnachtskeksen bereit und fummelte dann an der Fernbedienung herum. Er hatte eine Vorabauswahl getroffen, überließ aber letztlich mir die Entscheidung, welchen Film wir zuerst schauten. Ich zog ernsthaft in Erwägung, ihn mit »Tatsächlich Liebe« zu quälen, dachte aber, dass ein lustiger Einstieg besser wäre. Amüsiert von seinen Optionen entschied ich mich für »Kevin alleine zuhause«, was ihm einen freudigen Faustschlag entlockte.

Es war eigentlich gar nicht so übel. Nikolas setzte sich direkt neben mich, zog an mir, bis ich an seine Seite sackte, und den ersten Film lang bewegten wir uns eigentlich gar nicht mehr. Eingelullt von seiner ruhigen, kräftigen Atmung vergaß ich sogar beinahe meine Aufregung. Mit jedem Lacher, den mir dieser Klassiker entlockte, wurde ich lockerer, und als wir im Anschluss direkt auch noch den zweiten Teil laufen ließen, dachte ich gar nicht mehr darüber nach, wie nervös mich diese Verabredung am Morgen noch gemacht hatte.

Das hier war neu, es war anders. Alleine, nur wir zwei, an einem privaten Ort. Keine Blicke, die auf uns ruhten. Ich hatte nicht das Gefühl, beobachtet zu werden, konnte mich ganz darauf konzentrieren, was mich an Nikolas so anzog. Seine unerwartete Gesellschaft. Seine Attraktivität, die ihn in meinen Augen erst oberflächlich gemacht hatte, dabei brach er mit jedem Klischee, das ich ihm angedichtet hatte.

Er war lustig, warmherzig, tiefgründig und offen.

Und er roch verdammt gut.

Als der Abspann vom zweiten Film begann, war es draußen bereits dunkel. Nikolas stand auf, streckte sich stöhnend und ließ die Jalousien herab. Dann warf er mir einen fragenden Blick zu. »Hunger?«

Mir lag eine zweideutige Bemerkung auf der Zunge, die ich noch im letzten Moment verschlucken konnte. Hitze stieg mir in die Wangen, und ehe ich peinlich stammeln konnte, nickte ich ihm lediglich zu. Ich stand ebenfalls auf, entschuldigte mich und lief ins Bad, wo ich mir etwas kühles Wasser ins Gesicht spritzte.

Mit einem Schlag war all die Aufregung wieder da. Wie sollte ich diesen Abend bloß überstehen?

Als ich ein paar Minuten später zurückkehrte, hatte Nikolas bereits den Wohnzimmertisch gedeckt. Die große Platte stand mittig, davor zwei Teller, und für jeden kleine Schälchen mit Sojasoße, Wasabi und eingelegtem Ingwer. Er hatte sogar Stäbchen bereitgelegt, und auf einem zusätzlichen Teller lagen marinierte Spieße, die extrem lecker rochen. Verdammt, er hatte sich Mühe gegeben. Mein Magen reagierte mit einem Rumpeln, das er lachend quittierte. Auffordernd klopfte er neben sich auf die Sitzfläche.

»Ich dachte, hier ist es gemütlicher als auf den Barhockern.«

Lächelnd fixierte ich die Teelichter, die er zwischen all dem Essen verteilt hatte. »Du willst es aber wissen.«

»Natürlich«, erwiderte er gespielt empört. »Wenn schon, denn schon.« Dann schnaubte er leise. »Wenn ich schon nicht selber koche, muss doch der Rest stimmen.«

»Tust du das denn? Ich meine, normalerweise?«

»Kochen?« Er blickte mich grinsend an. »Nudeln zum Beispiel, ja. Ich kann auch echt gut Pizza in den Ofen schieben.« Seine Augenbrauen wackelten. »Sogar mit unterschiedlichem Belag. Es soll ja nicht langweilig werden.«

»Gott sei Dank«, rief ich erleichtert aus, was seine Leichtigkeit direkt zerschlug und ihm ein verwirrtes Stirnrunzeln entlockte. Ich verdrehte die Augen. »Du bist auch so schon verdammt nahe daran, perfekt zu sein. Wenn du jetzt auch noch richtig kochen könntest ...«

»Oh, das kann ich lernen.« Seine Stimme war rau geworden, dunkel. »Verdammt nahe dran also, ja?«

Erst jetzt wurde mir bewusst, was ich gerade gesagt hatte. Mein Mund klappte auf, aber mir entkam kein Laut.

Nikolas zog mich brummend an sich, und seine Zunge nutze den Umstand meiner geöffneten Lippen. Es geschah so plötzlich. Ich war definitiv auf Essen eingestellt, auf Sushi, Hähnchen, Sojasoße und peinliche Stäbchenversuche, weshalb mich dieser Kuss unvorbereitet traf. Seine Hände legten sich an meine Hüften, und im nächsten Moment hob er mich auf seinen Schoß. Einfach so. Als würde ich nicht zwanzig Kilo zu viel wiegen. Mein protestierender Schrei wurde von seinen Lippen erstickt, die mich nicht eine Sekunde verließen.

Es fühlte sich richtig an, so auf ihm zu sitzen. Gut. Obwohl ich im ersten Moment noch daran denken musste, verflüchtigte sich schon bald meine Sorge, zu schwer zu sein; spätestens, als seine warmen Hände unter meinen Pullover schlüpften und über meinen Rücken hinauf Richtung BH glitten. Ich presste mich eng an ihn, spürte, wie sich etwas in seiner Hose regte, und das Ziehen zwischen meinen Beinen wurde stärker. Atemlos vergrub ich meine Hände in seinen Haaren, verlor mich völlig in diesem Kuss, der immer heißer wurde, immer tiefer, je länger er andauerte.

Er raubte mir die Luft zum Atmen, raubte mir jeglichen Zweifel. Einzig mein wild pochendes Herz erinnerte mich an die Aufregung der Situation.

Stöhnend zuckte Nikolas mit seinem Becken, löste sich nach nicht enden wollenden Augenblicken weit genug von meinen Lippen, um mir in die Augen zu blicken. Seine waren vor Lust verschleiert. »Fuck, ich wollte eigentlich nicht ...« Seine Lider sanken herab, und als er sie wieder öffnete, wirkte er zumindest ein bisschen klarer. »Ich wollte dich wirklich nicht bedrängen. Es ist nur, seit du das Thema angesprochen hast, kann ich einfach an nichts anderes mehr denken.«

Ich starrte ihn lange an. So viel schoss mir durch den Kopf. Sorge. Anspannung. Diese bittersüße Folter, zu wissen, dass etwas zwischen uns im Raum stand; und je länger ich wartete, desto schlimmer wurde es. In jedes einzelne Wort, das er sprach, interpretierte ich mehr, jeder Blick hatte das Potential, mich innerlich zu verbrennen.

Ich war alles andere als mutig; hatte im Gegenteil sogar fürchterliche Angst vor dem, was kommen würde; davor, dass ich es auch dieses Mal bereute. Und doch fasste ich in diesem Moment einen Entschluss. Mit zittrigen Fingern umfasste ich sein Gesicht, suchte seinen Blick; suchte nach etwas, woran ich mich festklammern konnte. Seine grauen Augen schimmerten voller Begierde, und ich erkannte nichts als Aufrichtigkeit in ihnen. Keine Falschheit, keine Berechnung. Ich atmete vorsichtig aus. »Dann sind wir ja zu zweit.«

Mit diesen Worten küsste ich ihn. Es war das erste Mal überhaupt, dass der Impuls von mir kam, und seinem scharfen Keuchen entnahm ich, dass ihm das sehr wohl bewusst war.

In der Hoffnung, dass meine Lippen ihm zeigten, wozu ich bereit war, legte ich all meinen Mut in diesen Kuss. Alles oder nichts. Wenn er es jetzt nicht begriff, würde ich mich nicht erneut trauen.

Nun ja, was soll ich sagen?

Er begriff.

Ich schaffte es nicht, zu protestieren, als er plötzlich meine Oberschenkel umfasste und mit mir aufstand; dafür ließ er mir gar nicht erst den Atem. Seine Zunge fuhr so tief in meinen Mund, dass ich an nichts anderes mehr denken konnte, während er mich rüber in seine Schlafnische trug. Vielleicht etwas zu motiviert ließ er mich auf die Matratze fallen; ich federte ein paar Mal und lachte überrascht auf. Schon im nächsten Moment war er über mir, drängte mich nach unten, und seine Lippen waren so hungrig, dass ich gar nicht anders konnte – ich betrachtete mich als seine persönliche Vorspeise.

»Verdammt, Amelie.« Nikolas richtete sich auf, ragte über mir empor. Ich nahm seine breiten Schultern im Widerschein des gedämpften Lichts wahr, sah seine Lippen, die von unserem Kuss glänzten. Sein Atem ging unregelmäßig, und in seiner Miene war der Widerstreit deutlich abzulesen.

Ich stützte mich auf die Ellenbogen. »Was denn?«

Er sah mich an. So richtig. Als würde er jeden einzelnen Zentimeter von mir abspeichern. In seinen Augen loderte ein Feuer, das einzig mir galt; dieser Gedanke machte mich rasend. »Wenn du wüsstest, auf welche Arten ich schon über uns nachgedacht habe. Ich will -« Seine Stimme versagte, als sein Kehlkopf heftig hüpfte. »Verdammt. Ich will es richtig machen, okay? Ich will dir zeigen, dass nichts an Sex unangenehm und schmerzhaft sein muss, wenn man es richtig anstellt.« Überraschend plötzlich sank er hinab, bis wir einander direkt in die Augen sahen. »Alles andere kann später kommen.«

Später.

Ich erschauderte, als mir die volle Bedeutung seiner Worte bewusst wurde. Er wollte mich – auf verschiedene Arten und Weisen. Obwohl er noch gar nicht mit mir geschlafen hatte.

»Was ist, wenn du es bereust?«, brachte ich wispernd hervor. »Wenn ich es nicht bringe?«

Augenblicklich verschwand die Lust aus seinen Augen, machte Platz für Wut. Ich zuckte zusammen, doch schon im nächsten Moment klärten seine Worte meine Sorge. »Wenn ich diesem Mistkerl irgendwann über den Weg laufen sollte, werde ich ihm so heftig in den Arsch treten, dass er nach Afrika fliegt. Er hat dich ja total verkorkst.«

Ehe ich darauf etwas erwidern konnte, lagen seine Lippen auf meinen. Es war kein heißer Kuss wie vorhin, keine alles verzehrende Lust – es war so viel mehr. Zärtlichkeit, Nähe. Ich sank zurück in die Matratze, und sein großer Körper bedeckte mich wärmend und schützend zugleich. Unwillkürlich klammerte ich mich an ihm fest, schlang meine Arme um seinen Oberkörper. Sein Knie drängte sich zwischen meine Beine, schob sie auseinander, und im nächsten Moment lag er komplett auf mir. Ich spürte seine Erektion, unverändert hart – oder schon wieder. Es war gar keine Zeit mehr, darüber nachzudenken, denn plötzlich war ich ganz im Moment gefangen. Im *Fühlen*.

Es war so anders.

Unendlich langsam begann Nikolas, mich auszuziehen. Ein Kleidungsstück nach dem anderen. Wann immer er eines von mir geschält hatte, blickte er mir prüfend in die Augen, so als erwartete er Widerspruch. Ich erzitterte, ließ ihn aber weitermachen. So viel war mir klar – wenn ich es jetzt nicht durchzog, würde ich mich nie trauen. Nicht mit ihm. Vielleicht mit niemandem.

Als ich nur noch in Unterwäsche vor ihm lag; entblößt mit jedem einzelnen Zentimeter meiner Unzulänglichkeit, richtete er sich erneut auf. Sein Blick wanderte über meinen Körper, ließ mich erschaudern. Dieses Mal jedoch nicht auf gute Art und Weise. Als würde er merken, was mit mir los war, zerrte er entschlossen an seinem Pullover. Kurz darauf flog er ans Bettende, und ich starrte erschrocken auf seine Brust.

Gott, ich hatte ja bereits gewusst, dass er durchtrainiert war – aber das? Wenn er gehofft hatte, mir damit zu helfen, war es gründlich in die Hose gegangen. Unwillkürlich verschränkte ich meine Arme, wollte meinen eigenen

Körper verdecken, doch Nikolas ergriff meine Handgelenke und schüttelte den Kopf. »Nicht«, sagte er sanft. »Du bist schön.« Er begann, Küsse auf meiner Haut zu verteilen. Auf meinem Schlüsselbein, dem Dekolleté, über meinen Bauch hinab, am Nabel. Dabei strichen seine Finger unentwegt über meine Taille. Als er tiefer glitt, begann ich zu erzittern. Plötzlich packte er mich fester, hielt mich still, und im nächsten Moment spürte ich, wie seine Zähne über den Saum meiner Unterwäsche fuhren.

Ich stöhnte auf.

»Gut so«, murmelte er. Sein Atem traf mein empfindliches Fleisch und entlockte mir einen weiteren Laut der Lust. »Uns hört niemand. Lass einfach los. Ich begehre dich, Amelie. Ich will dich. Du darfst nicht eine Sekunde daran zweifeln, wie schön du bist.«

Für eine Weile waren das die letzten gesprochenen Worte.

Nikolas begann, mich zu heilen. Er küsste und streichelte jeden einzelnen Zentimeter meiner Haut, von der Fußspitze bis hinauf zu meinen Lippen. Dabei entdeckte er ein paar Stellen, an denen ich besonders empfindlich war; direkt unter dem linken Rippenbogen, hinter der Ohrmuschel, und immer der Mund. Sobald er meine Lippen küsste, vergaß ich alles. Er widmete sich mir mit einer Gründlichkeit, die ich mir im Traum niemals vorgestellt hätte, von der ich gar nicht wusste, dass sie möglich war. Irgendwann war ich nackt; keine Silbe des Widerspruchs drang noch über meine Lippen, und als er begann, an meinen Brustwarzen zu saugen, ja, sogar mit den Zähnen über sie fuhr, verließ mich sogar ein Teil meines logischen Denkens. Ich bestand einzig aus Wärme, Kribbeln und Lust.

Sobald ich versuchte, mich zu revanchieren, umfasste er meine Handgelenke und presste sie über mir in die Kissen. »Später«, raunte er mir ins Ohr, nicht ohne mit der Zunge über die empfindliche Stelle zu fahren. »Dann darfst du machen, was immer du willst. Aber dieses Mal gehört ganz mir.«

Wir taten das hier wirklich. In einem Anflug von absoluter Albernheit kicherte ich bei seinen Worten auf, was ihm ein so strahlendes Lächeln entlockte, dass sämtliche noch verbliebene Sorgen einfach so von mir abfielen.

Kurz darauf verging mir jedoch das Lachen, als er aufsprang, seine Hose und gleichzeitig die Boxershorts abstreifte und mir sein Penis entgegensprang.

Er war groß. Mit glänzender, breiter Eichel. Wie zur Hölle sollte das passen – wie sollte es *nicht* weh tun?

Offenbar bemerke Nikolas meinen Blick. Er umfasste seinen Schaft, bewegte die Faust ein paar Mal auf und ab, lachte leise auf. »Keine Sorge, Süße.«

Langsam trat er an die Seite des Betts und zog ein Kondom aus dem Nachttisch. Hypnotisiert sah ich zu, wie er das Gummi überstreifte. Die Matratze gab nach, als er zurück auf das Bett stieg. »Das hier ist deine letzte Chance. Wenn es dir zu viel ist, sag es bitte. Wir hören sofort auf.«

Was er nicht aussprach, aber deutlich mitklang: Du würdest mich damit zwar umbringen, aber ich würde es tun.

Die neu gewachsenen Zweifel fielen von mir ab, und ich ließ meine Schenkel weit auseinanderfallen. Ich musste nicht einmal etwas sagen, er verstand diese Geste sofort.

Mit einem heiseren Stöhnen glitt er über mich.

Seine Eichel lag direkt an meinem Eingang. Ich war feucht und bereit, aufgeregt und voller unkontrollierter Lust, aber auch Angst. Ich erinnerte mich zu gut an den scharfen Schmerz beim letzten Mal. Doch noch ehe diese letzte Emotion überhandnehmen konnte, sah Nikolas mir tief in die Augen. Er sagte es nicht, doch sein Blick sprach Bände: Vertrau mir.

Und ich tat es.

Er drang langsam in mich ein; ließ mir genug Zeit, um mich an seine Größe zu gewöhnen. Obwohl es im ersten Moment etwas unangenehm war, erfüllte mich gleichzeitig eine prickelnde Wärme, die sich langsam von meinem Zentrum bis in jeden Zentimeter meines Körpers ausbreitete.

»Alles okay?«, raunte er mir zu.

Ich nickte, zuckte leicht mit dem Becken. Seine Pupillen weiteten sich merklich.

Langsam begann er, sich in mir zu bewegen. Immer wieder zog er sich zurück, nur um erneut zuzustoßen. Jedes Mal etwas fester, aber nie so, dass es schmerzhaft wurde – im Gegenteil. Irgendwann entfernte ich mich so weit von diesen ersten Erinnerungen, dass ich die süße Erregung gar nicht mehr mit Schmerz in Verbindung bringen konnte. In mir entzündete sich ein Feuer, das mir jeglichen Gedanken raubte, ich konnte mich nur auf ihn konzentrieren. Seine intensiven Augen, die Lust, der Rhythmus, den wir endlich fanden.

Da war nichts, was wehtat. Nichts, das mir Angst machte. Irgendwann konnte ich nicht mehr, meine Augen fielen zu, und ab diesem Zeitpunkt verlor ich die Kontrolle. Nicht zu sehen, was geschah, nur zu spüren, war so überwältigend. Wellen der Wärme überrollten mich immer und immer wieder, entlockten mir seufzende Geräusche der Lust. Und dann nahm die Intensität zu. Im ersten Moment begriff ich nicht, was geschah. Es war so fremd, ich konnte es nicht zuordnen. Erst als mein Atem stockte, meine Muskeln zuckten und mich ein Gefühl überrollte, das alles übertraf, was ich je empfunden hatte, wurde mir klar, dass ich einen Orgasmus hatte. Tränen lösten sich aus meinen Augenwinkeln, liefen meine Wangen hinab. Offenbar verstand Nikolas sie nicht falsch, vielleicht sah er sie auch nicht. Er ließ sich nicht davon beirren, stieß fester zu, stöhnte auf, und schon bald zuckte auch er tief in mir.

Er kam. Kurz nach mir.

Schließlich sank er ganz auf mich hinab, presste mich tief in die Matratze, und ich spürte sein wild schlagendes Herz an meiner Brust.

Kein Schmerz. Nichts Unangenehmes.

Soeben hatte ich mit Nikolas geschlafen – oder besser: er mit mir. Und in diesem Moment fragte ich mich, ob er mich womöglich für den Rest meines Lebens verdorben hatte. Denn die Gefühle in mir tosten unvermindert weiter; raubten mir den Atem, aber nicht den Verstand.

Mir wurde klar, dass ich mich in ihn verliebt hatte. Ich. In Nikolas Winter.

Verletzlicher konnte ich nicht mehr sein.

Hoffentlich würde mein Herz mich nicht ins Verderben stürzen.

12

Nikolas

Wäre es nach mir gegangen, hätte ich dieses Bett nie wieder verlassen. Ich hatte die Decke über uns gezogen, lag jedoch mit aufgestütztem Arm auf der Seite und streichelte unentwegt über Amelies Haut. Die Röte ihrer Wangen breitete sich über ihren Hals hinab bis über ihr Dekolleté aus, und ich liebte diesen Anblick. Ihre verschleierten Augen, die mich voller Wunder ansahen, ihre zittrigen Atemstöße, die nur langsam ruhiger wurden. Wenn mich nicht alles täuschte, war sie zufrieden. Ich sah keinen Schmerz in ihren Augen, kein Unbehagen, nicht einmal mehr Unsicherheit. Alles an ihr schrie nach gründlicher Befriedigung.

Stöhnend grub ich meine Finger in ihre Seite. Sie war die erste, die überhaupt Fleisch hatte, um sich dort festzuhalten. Jede einzelne vor ihr hatte im Gegensatz praktisch aus Haut und Knochen bestanden. Mir wurde bewusst, wie viel sinnlicher es war, wenn eine Frau weich war, anschmiegsam. Ich hatte vorhin nicht gelogen. Amelie war schön. Ich fand sie schön. Und ich würde nicht zulassen, dass sie an meinen Worten zweifelte.

Meine Kehle zog sich zusammen, als ich mich zu ihr hinab beugte und einen Kuss auf ihre Lippen hauchte. Ihr Schweigen hatte sicherlich nichts zu bedeuten; ihre Körpersprache war deutlich genug. Und doch wurde ich nervös.

»Ich weiß, dass man diese Frage nicht stellt, aber ... wie geht es dir? Ist alles okay?«

Ihre Lider, die sich langsam hinabgesenkt hatten, flogen auf, und ihre Mundwinkel zuckten in die Höhe. »Fragst du mich etwa gerade, wie du warst, Nikolas Winter?«

Ich lachte los. »Eigentlich wollte ich wirklich nur wissen, wie es dir geht, aber ja. Im Prinzip läuft es darauf hinaus.« Sie quietschte los, als ich mich auf sie rollte und mein Becken gegen sie presste. Ich persönlich war bereit für Runde zwei, so gut hatte es sich angefühlt.

Ihre Augen weiteten sich vor Überraschung, vielleicht auch Schreck. »Es war ...« Ihre Worte versiegten, und sie sah aus, als würde sie ehrlich um mehr ringen. Ich beugte mich hinab, ließ meine Lippen über ihre gleiten, schmeckte ihre aufkeimende Unsicherheit und beschloss, den Anfang zu machen. »Für mich war es unglaublich gut, Amelie. Ich will nie wieder etwas anderes spüren – und ich will mehr.«

»Mehr«, brachte sie heiser hervor. Ihre Lider flatterten, doch ehe sie sich von mir zurückziehen konnte, riss sie sie erneut auf. Ihr Blick brannte sich in mich hinein. »Du willst also -«

»Ja.« Ich richtete mich weit genug auf, damit sie mich gut sehen, meine Miene deuten konnte. In diesem Moment war ich so ernst und entschlossen wie schon lange nicht mehr. »Ich will, dass wir es ganz offiziell machen. Wir sind zusammen. Wir waren es doch schon längst. Von mir aus können wir Plakate in der Uni und der Stadt aufhängen, oder -« Ihre Finger rammten sich zielsicher zwischen meine Rippen; genau dorthin, wo ich extrem kitzelig war, und ich brach lachend zusammen, rollte mich neben sie.

Es wurde ein bisschen ... chaotisch. Sie kitzelte mich aus, als wären wir Kindergartenkinder. Obwohl ich mich eigentlich zurückhalten wollte, verlor ich schon bald die Beherrschung und revanchierte mich. Wir kugelten durchs Bett, ich lag über ihr, sie irgendwann auf mir, und als sie rittlings da saß, verlor ich gänzlich die Kontrolle. Blind tastete ich nach den Kondomen, und in einem einzigen Durcheinander aus Händen, Lust und Ungeduld schaffte ich es irgendwie, eines überzustreifen. Nur wenig später steckte ich bis zur Wurzel in ihr – und es kostete mich einiges an Willenskraft, nicht wie wild zuzustoßen.

Dieses Mal durfte sie bestimmen. Tempo, Rhythmus – ich ergab mich ihren vorsichtigen Versuchen. Schon bald schien sie Gefallen daran zu finden, wurde gleichmäßiger und schneller. Ich umfasste ihre Brüste, die sanft wippten, und rieb ihre Nippel, bis sie nicht mehr konnte und nach vorne kippte.

Ich drehte sie auf den Rücken und stieß tief in sie; schneller und fester diesmal, bis sie sich ein weiteres Mal vor Lust verkrampfte. Erst dann erlaubte ich auch mir, zu kommen.

Später kehrten wir zurück zu unserem Abendessen. Nackt und lediglich in meine Decke eingewickelt fütterten wir uns gegenseitig. Sushi gehörte von jeher zu meinen Lieblingsgerichten, aber diese Mahlzeit übertraf einfach alles. Amelie mit Lachs- und Thunfisch-Maki zu füttern und zuzusehen, wie sie dabei genüsslich die Augen verdrehte, ließ mich unwillkürlich daran denken, dass Sushi aphrodisierend wirken sollte. Bei meiner Auswahl heute Mittag hatte dieser Gedanke keine Rolle gespielt. Jetzt jedoch fraß er sich fest, und es wurde immer schwieriger, mich nicht auf ihre vollen Lippen zu stürzen, während wir uns durch meine Auswahl futterten.

Später jedoch hielt ich mich nicht zurück.

Amelie übernachtete bei mir. Ich hatte nicht gewagt, es fest einzuplanen, aber wirklich gehofft, dass es dazu kommen würde. Als sie verlegen einen kleinen Beutel mit allen notwendigen Utensilien aus ihrer riesigen Handtasche zog, musste ich grinsen. Der Kulturbeutel war okay, aber ihren Schlafanzug pfefferte ich sofort beiseite. Wenn sie schon bei mir schlief, dann nackt.

Eine neue Regel, die ich ihr feierlich verkündete.

Den Sonntag verbrachten wir sehr entspannt. Ich hatte noch ein paar weitere Filme auf der Liste, die wir laufen ließen, wenn auch als Hintergrundberieselung. Amelie trug nichts weiter als ihre Schlafanzughose – ja, am Morgen hatte ich sie ihr wiedergegeben, als sie mich darum gebeten hatte – und einen Pullover von mir. Ich konnte mich gar nicht an diesem Anblick sattsehen. Schon gar nicht, als sie eines meiner Bücher über bekannte Profiler aus dem Regal zog, sich auf mein Sofa fläzte und hochkonzentriert las, als wäre es das Natürlichste der Welt.

Hier, bei mir. An einem ruhigen Sonntag, während draußen ein winterlicher Sturm tobte und um die Fassade peitschte.

Immer wieder musste ich daran denken, wie ich ihr im postkoitalen Glücksrausch verkündet hatte, dass wir ein Paar waren. Ich bereute die Worte nicht; im Gegenteil. Sie fühlten sich richtig an.

Gut.

Schon lange war ich nicht mehr so überzeugt von einer Sache.

Wir machten ein paar alberne Selfies, und ich beschloss, eines davon in meine Story zu laden und sie zu verlinken. Das erste virtuelle Schild, das hoffentlich viele zu sehen bekamen. Nie wieder sollte Amelie unsichtbar sein. Und jeder sollte wissen, dass sie zu mir gehörte.

Bei diesen neandertalerartigen Gedanken wurde mir ganz warm ums Herz.

Ich bewies Amelie, wie gut ich Pizza in den Ofen schieben konnte, auch wenn sie im Anschluss beinahe verbrannte, weil Amelie auf der Theke saß und mich so aufreizend beobachtete, dass ich ihr die Hose vom Leib riss und mich gründlich ihrer empfindlichsten Stelle widmete. Ich begann, unterschiedliche Arten von Lust an ihr zu entdecken. Es gab das laute, langgezogene Stöhnen. Kleine, abgehakte Keuchlaute und einen so tiefen, unkontrollierten Ton, dass ich jedes Mal eine Gänsehaut bekam, wenn er erklang.

Sie war so echt. Ich wollte darin baden, wollte jede einzelne Sekunde mit ihr genießen, denn sie löschte alles aus, was zuvor war. Mit ihr in der Bibliothek eingeschlossen zu werden war das Beste, was mir hatte geschehen können.

Verflucht. Wahrscheinlich war ich dabei, mich in sie zu verlieben. Aber anstatt mich von diesem Gedanken ängstigen zu lassen, begann ich, mich darauf zu freuen. Auf die Zukunft. Auf jeden einzelnen gemeinsamen Tag. Ich wollte mehr davon. Mehr von diesen gemütlichen, sinnlichen Wochenenden.

Ich wollte alles.

❄

In meiner Wunschvorstellung hätte ich Amelie bis Montag bei mir behalten, doch am Abend verlangte sie, dass ich sie nach Hause brachte, damit sie sich auf die Uni vorbereiten konnte. Mein kleines, süßes Streberchen. Ich wollte mich noch nicht von ihr trennen, war viel zu aufgekratzt und bis oben hin voller Gefühle, die ich alleine nicht händeln konnte. Sie lud mich jedoch nicht ein, noch mit hinauf zu kommen, als wir vor ihrer WG standen, und plötzlich wurde mir bewusst, dass sie Zeit brauchte. Zeit, um das Erlebte sacken zu lassen. Da sie auf mich jedoch glücklich wirkte, sah ich keinen Anlass zur Sorge. Wir verschmolzen in einem Abschiedskuss, der meinen Schwanz wieder hart werden ließ. Froh über die Jogginghose schob ich ihn nur etwas beiseite, erntete dafür einen koketten Blick und hätte beinahe den Kampf gegen die Vernunft verloren.

Sie ziehen zu lassen war das Schwerste, was ich seit langem getan hatte. Ich bildete mir ein, dass ihre Hüften nur für mich besonders sinnlich wiegten, und rieb ein paar Mal stöhnend über meine Härte.

Erst, als sie endgültig im Haus verschwunden war, atmete ich tief durch. Leider hatte sie darauf bestanden, mir meinen Pulli zurückzugeben. Es hätte mich auf tiefgründiger Ebene befriedigt, wenn sie nun wenigstens etwas von mir getragen hätte.

Mehr aus Gewohnheit, nicht weil ich eine Nachricht erwartete, zog ich mein Handy hervor. Anstelle von Amelie, die mich bat, doch noch hochzukommen, hatte mir immerhin Lukas geschrieben; er fragte, ob ich Bock hatte rumzukommen. Sie schauten Football und »chillten herum«. Obwohl ich eigentlich nicht geplant hatte, noch etwas zu unternehmen – siehe Jogginghose – beschloss ich, dass es vielleicht nicht schlecht wäre, ehe ich den gesamten Abend im Bett lag, an dem Kissen schnüffelte, auf dem Amelie heute Nacht gelegen hatte, und stundenlang onanierte.

Keine halbe Stunde später betrat ich das Wohnheim. Schon von weitem hörte ich lautes Stimmengewirr aus dem Gemeinschaftsraum. Irgendjemand hatte einen Beamer organisiert, mit dem das aktuelle Spiel der Packers an die Wand projiziert wurde, und einige Grüppchen saßen beieinander. Nicht ganz die Art von Abend, wie ich es mir vorgestellt hatte, aber allemal okay. Mein Blick schweifte über all die Leute, auf der Suche nach meinen Freunden, als sich plötzlich eine Gestalt löste und auf mich zutrat.

Augenblicklich bereute ich meinen Entschluss, herzukommen, zutiefst.

»Hallo Nikolas«, begrüßte mich Lani mit zuckersüßer Stimme. »Alleine hier?«

Ich hatte keine Lust, mit ihr zu reden. Wollte nicht einmal in ihrer Nähe sein. Meiner Meinung nach hatte sie auf falsche Art und Weise Amelie das Leben schwer gemacht, und selbst wenn sie das zwischen uns dadurch beschleunigt hatte, machte es das noch längst nicht gut. »Hallo Lani.«

Ich machte Anstalten, mich an ihr vorbei zu den Jungs zu schieben, die sich in der hinteren Ecke befanden, doch ehe ich dazu kam, legten sich ihre langen Finger um meinen Oberarm und drückten zu. »Warte.«

Ich wollte mich losreißen, wollte sie stehen und ihren durchdringenden Blick hinter mir lassen, aber das ließ die gründliche Erziehung meiner Eltern nicht zu. Sie hatten mir eingebläut, respektvoll mit anderen Menschen umzugehen, selbst wenn sie es nicht verdient hatten. Ich wollte mich ja schließlich nicht auf deren Niveau hinab lassen. Seufzend blickte ich sie an. »Was möchtest du von mir, Lani?«

Ein Schmerz huschte über ihre Miene, der mich völlig unvorbereitet traf. Mit einer einstudierten Geste warf sie ihr rotes Haar zurück und zog einen Schmollmund. »Es ging so schnell«, brachte sie leise hervor. »Eben noch dachte ich, wir wären auf einem guten Weg. Und dann hast du mich wortlos abserviert.«

Verdammt. Damit hatte ich nicht gerechnet. Unwillkürlich erfasste mich ein schlechtes Gewissen, denn sie sagte die Wahrheit. Zwar hatte mein Entschluss, das mit ihr zu beenden, ehe es ernster wurde, bereits vor jener Nacht in der Bibliothek festgestanden, aber das konnte sie ja nicht wissen. »Hör mal, sollen wir -«

Sie nickte heftig. »Ja, bitte. Ich muss das mit dir klären. Aber vielleicht nicht hier?«

Mein Blick wanderte ein weiteres Mal an ihr vorbei Richtung Magnus. Der hatte mich bereits entdeckt und musterte mich mit fragend hochgezogenen Augenbrauen. Ich zuckte andeutungsweise mit der Schulter, hoffte, dass er begriff, dass ich selber keine Ahnung hatte, was hier eigentlich geschah. Dann gab ich mich geschlagen. »Von mir aus. Sollen wir es eine Etage weiter oben versuchen?«

Lani nickte mir erleichtert zu. »Klar, die sind bestimmt alle hier unten im Wohnraum. Oben haben wir unsere Ruhe.« Sie griff nach meiner Hand, doch das war zu viel des Guten. Ich wich aus, verschränkte die Arme vor der Brust und bedeutete ihr, vorzugehen. Mit dem Gefühl, lieber direkt nach Hause gefahren zu sein als mich dieser Situation auszusetzen, folgte ich ihr hinaus in den Flur und das breite Treppenhaus rauf in den ersten Stock. Wie erhofft, lag der Aufenthaltsraum verlassen da. Wir setzten uns auf ein breites Cordsofa an der rechten Wand, mit höflichem Abstand und einer unausgesprochenen Spannung in der Luft. In dem Versuch, meine Gereiztheit zu überspielen, atmete ich tief durch. »Also gut, Lani. Hier bin ich.«

Sie sah mich mit runden Augen an, klimperte mit ihren dick getuschten Wimpern. Sie war gründlich angepinselt, was ich vor ein paar Wochen noch ansehnlich gefunden hatte. Heute jedoch musste ich an Amelie denken. Daran, wie sie ungeschminkt und mit geröteten Wangen in meinem Bett gelegen und mich angelächelt hatte. Das hier - es war auf so vielen Ebenen falsch. Jede Faser von mir sehnte sich zurück zu Amelie. Ich wollte, dass sie zuhause auf mich wartete, von mir aus auch in ihrer WG. Frustriert rieb ich mir durchs Gesicht.

»Hör zu, lass uns klären, was es zu klären gibt, okay? Ich würde gerne das Spiel sehen – oder was auch immer noch davon übrig ist.«

Lani schlug ihre Augen nieder, nur um mich dann

verschlagen durch ihre Wimpern hindurch anzusehen. Der Raum war relativ dunkel, einzig erhellt durch eine Stehlampe irgendwo hinter uns, und die Schatten spielten ihr eindeutig in die Karten. Sie war attraktiv – und das wusste sie auch. Verflucht, sie verließ sich viel zu sehr darauf. »Komm schon, Nikolas. Du kannst mir doch nicht sagen, dass das mit euch zweien von Dauer ist.«

»Moment!« Irritiert richtete ich mich auf. »Was wird das hier? Ich dachte, es geht um uns – und nicht um Amelie und mich!«

Sofort fiel Lani in sich zusammen. »Aber das ist doch der springende Punkt! Ich dachte, du wärst an mir interessiert! Und dann ...« Sie atmete zittrig durch. »Dann kommt auf einmal dieser Bauerntrampel daher!«

Mich erfasste eine so allumfassende Wut, dass ich erst einmal bis fünf zählen musste, ehe ich auch nur zu einer akzeptablen Antwort in der Lage war. Dummerweise nutzte Lani diesen Umstand, um weiterzureden.

»Ich habe sie doch kennengelernt. Dieses Mädchen weiß gar nicht, wie sie mit Männern umgehen soll. Als ich sie auf das Thema Sex angesprochen habe, ist sie fast gestorben! Du brauchst eine richtige Frau. Eine, die weiß, wie man einen Schwanz lutscht -«

»Amelie ist verdammt gut im Bett«, unterbrach ich sie scharf. Scheiß auf den Anstand. »Nicht, dass es dich auch nur irgendetwas angeht!«

»Daher also deine Story«, brachte sie hervor. »Du hast sie endlich gevögelt.«

»Ich wüsste nicht, wieso dich das zu interessieren hat -«

»Komm schon«, fiel sie mir ins Wort. »Du hast uns allen genug bewiesen! Du hast dem Jahrgangsaußenseiter die Unschuld geraubt. Jetzt kannst du dich wieder auf die wesentlichen Dinge konzentrieren!«

»Und mit den wesentlichen Dingen meinst du dich, oder was?«, brachte ich wütend hervor.

Lani lächelte mich fein an.

Plötzlich ging alles sehr schnell. Ich wollte keine Sekunde länger hier bleiben und mir ihr Gewäsch anhören, doch ehe ich dazu kam, aufzustehen, sprang Lani auf meinen Schoß. Grob umfasste sie mein Gesicht, presste ihre Lippen auf meine, nutzte den Moment meines Schocks, um sogar ihre Zunge in meinen Mund zu schieben. Sie scheiterte zwar an meinen Zähnen, aber trotzdem schmeckte ich ihren Speichel. Mir wurde übel. Beinahe gleichzeitig, noch während sie an mir klebte, bemerkte ich einen hellen Lichtblitz neben uns, vom Eingang des Aufenthaltsraums. Mit einem wütenden Knurren schob ich sie von meinem Schoß; so heftig, dass sie auf ihrem Hintern landete. Ihr schriller Schrei der Empörung ging in meinem wütenden Ausruf unter.

»Was zur Hölle soll das?« Im Türrahmen stand einer von Lanis Freundinnen, Luna, und sie hatte ihr Handy auf mich gerichtet. »Wollt ihr mich verarschen?«

»Wer verarscht hier wen, hm?«

Offenbar hatte Lani sich bereits aufgerappelt. Sie trat zu mir, bohrte ihren Zeigefinger in meine Brust und zwang mich so, sie erneut anzusehen, obwohl ihr Anblick mich einfach nur noch ankotzte. Nichts an ihr war noch traurig oder sanft. Ihre Augen sprühten vor Hass, ihre Lippen waren zu einer Fratze verzogen. »Niemand spielt derart mit meinen Gefühlen, du Scheißkerl! Ich war dir nicht gut genug, dafür dieses fette Miststück? Nun, Überraschung. Wenn ich dich nicht haben kann, dann eben keine. Adios, du Loser. Steck deinen Schwanz sonst wo rein.«

Mit diesen Worten ließ sie mich stehen.

Ich starrte ihr fassungslos hinterher. Es waren nicht einmal ihre vielfältigen Beleidigungen, die mich so fertig machten. In meinem Hirn ratterte es, ich versuchte zu kapieren, was gerade geschehen war.

Als sie Luna erreichte, warf sie mir noch einen letzten Blick zu, triumphierend. Ihr Handy leuchtete auf, und dann fiel der Groschen.

»Wag es nicht, Lani!«

Ich rannte los, wusste jedoch bereits, dass es keinen Zweck hatte.

Ohne mich noch einmal bei den Jungs blicken zu lassen, ohne Lani auch nur eine weitere Sekunde meiner Aufmerksamkeit zu schenken, verließ ich das Wohnheim. Ich musste dringend zurück zu Amelie, ehe es zu spät war.

13

Amelie

Becca war zuhause, als ich die WG betrat. Sie werkelte in der Küche herum, steckte aber den Kopf durch die Tür, als ich ihr ein »Hallo« zurief. Etwa eine Sekunde lang starrte sie mich an, dann schrie sie entzückt auf.

»Du wurdest durchgevögelt!«

Was nun folgte, überstieg all meine Fähigkeiten zum Widerspruch. Becca hüpfte mir entgegen – sie hüpfte! –, zerrte mich in eine Bärenumarmung und dann in die Küche. Offenbar wollte sie gerade kochen, zumindest stand eine Tüte Pasta auf der Anrichte, doch der schenkte sie nun keine Aufmerksamkeit mehr. Stattdessen zog sie eine Flasche Sekt aus dem Kühlschrank, goss zwei Wassergläser randvoll und rammte mir eines von beiden in die Hand.

»Verflucht nochmal! Das wurde aber auch Zeit!« Ohne mich aus den Augen zu lassen, stieß sie ihr Glas gegen meines und setze es dann für einen tiefen Schluck an.

Ich hatte eigentlich geplant, mich noch ein paar Stunden hinter meine Bücher zu klemmen, doch als ich hier stand, konnte ich gar nicht anders. Beccas Freude steckte mich an, zündete erneut diese kribbeligen Funken der Aufregung und Freude in meiner Magengrube. Ich gab ein quietschendes Geräusch von mir, erstickte es mit einem tiefen Schluck Sekt und kämpfte nicht länger gegen das breite Grinsen an.

Becca stöhnte auf. »Oh Mann! Das schreit doch nach

einer Feier. Ich bestelle uns Fingerfood und diese geilen, sündhaft teuren Cookies, und dann will ich alles hören, Amelie. Alles!«

Mit einem dämlichen Glucksen fiel ich auf den Küchenstuhl, zog meine Füße hoch und nippte ein weiteres Mal an dem Sekt. Er war überraschend süß, gar nicht so trocken wie beim letzten Mal. An diesen Geschmack konnte ich mich gewöhnen.

Ich hatte mit Nikolas geschlafen. Mehrfach. Er hatte mir das Gefühl gegeben, wunderschön und begehrenswert zu sein. Und vor allem hatte er jede Erinnerung an das schreckliche erste Mal mit Martin ausgelöscht. Verdammt, es war, als hätte ich all meine ersten Erfahrungen an diesem Wochenende gesammelt!

Und es hätte nicht schöner sein können.

Während Becca allerhand Schrott bestellte, kehrte ich gedanklich immer wieder zu den vergangenen Stunden zurück, was nur zur Folge hatte, dass es zwischen meinen Beinen prickelte. Ich war ein bisschen wund, glaubte ich. Nikolas war wirklich gut gebaut, an seine Größe musste ich mich erst noch gewöhnen. Aber das würde mir gelingen, davon war ich überzeugt.

Er war immerhin mein Freund. Wir waren zusammen. Es würde noch unzählige weitere Male geben.

Erneut gab ich ein leises Quietschen von mir. Nur für mich, aber voller unterdrückter Emotionen und Hochgefühl.

Als Becca fertig war, legte sie ihr Handy zwischen uns auf den Tisch und blickte mich so aufgeregt strahlend an, dass ich gar nicht anders konnte: Ich begann zu erzählen. Von Anfang an, ich ließ kaum ein Detail aus – abgesehen natürlich vom Sex. Da bekam sie nur die Info, dass es nicht bei einem Mal geblieben war und ich nun verstand, wieso alle so darauf abfuhren.

Becca versuchte zwar alles, um mir mehr zu entlocken, doch als ich begann, mich vor Scham auf dem Stuhl zu winden, ließ sie grinsend von mir ab.

Sie goss uns gerade das zweite Glas ein, als ihr Handy aufleuchtete. Wie beiläufig schnappte sie es sich, um nachzusehen, was so Wichtiges geschehen war. Ich nutze den Moment, um nach meinem eigenen zu tasten – nur um festzustellen, dass ich es offenbar in meiner Jackentasche vergessen hatte. Egal. Ich griff nach dem Glas, hielt jedoch inne, als ich sah, wie Beccas Grinsen verblasste.

Fassungslos starrte sie auf ihr Display, was der kribbelnden Wärme in meiner Magengrube einen winzigen Dämpfer verpasste. »Hey, alles okay?«

»Nein, es ist ...« Ihre Stimme versagte, und als sie mich nun ansah, verging mir das verträumte Lächeln.

Ängstlich beugte ich mich vor. »Was ist passiert? Ist irgendetwas mit Magnus?«

Sie schüttelte den Kopf, sagte aber kein Wort. Mein Blick huschte hinab auf ihr Handy, und ich sah, dass sie Instagram geöffnet hatte. Ein ungutes Gefühl formte sich in meiner Magengrube, wie ein kalter, schwerer Klumpen, der ohne Unterlass wuchs. In Zeitlupe streckte ich die Hand aus, doch meine Mitbewohnerin riss ihr Handy zurück.

»Becca«, rief ich drohend.

Sie schüttelte erneut den Kopf, murmelte aber »Warte.« Mit schwerfälligen Fingern tippte sie auf ihrem Display herum, nur um es mir dann entgegen zu recken.

Im ersten Moment erkannte ich nicht viel. Sie hatte eine Story geöffnet. Das Bild war relativ dunkel; ich erkannte ein Pärchen, das auf einer Couch saß, sie auf seinem Schoß, innig küssend. Quer darunter in weißer Schrift und Großbuchstaben stand »Wurde auch Zeit. Mit dem heißesten Kerl der Uni den Abend ausklingen lassen.«

In meinem Nacken begann es zu prickeln, und ein sehr,

sehr unangenehmes Gefühl machte sich in mir breit. Mein Hirn kapierte es schneller als mein Herz; und mein Körper? Der begann, nur noch langsam zu funktionieren. Meine Augen zuckten nach oben, wo ich den Namen von der Storyposterin las; es war Lani. Lani saß auf dem Schoß eines Typen. Einem mit dunklem Haar und einer Jogginghose, die mir bekannt vorkam. Einem Pulli, den ich noch vor weniger als einer Stunde gesehen hatte.

Meine zittrige Hand stieß gegen das Glas, es kippelte, fiel aber nicht um. Mit der anderen umfasste ich meine Kehle.

Die Story sprang weiter, ein neues Bild erschien. Es bestand nur aus weißem Text auf rotem Hintergrund.

»An all die bitches da draußen, die glauben, es mit Kerlen wie Niko treiben zu können – no way. Nach dem Blümchensex kommt der richtige Spaß. So ist es doch immer. Keep on fucking.« Begleitet war der Text von Smileys – Zeige- und Mittelfinger, die zu einem Victory-Zeichen erhoben waren, ein grellgelbes Gesicht, das Tränen lachte, und ein Herz.

Die Story sprang weiter, auf irgendeine Werbung, und sie riss mir geradewegs die Brust auseinander.

Erst in diesem Moment bemerkte ich, dass ich stöhnte. Es hatte rein gar nichts damit zu tun, wie ich es noch vor wenigen Stunden getan hatte, geborgen in Nikolas' – *Nikos* – Armen.

Purer Schmerz. Etwas in mir zerbrach, so heftig, dass es wohl nie wieder zu kitten war.

Lani und Nikolas.

Nur wenige Stunden, nachdem wir miteinander geschlafen, nicht einmal eine Stunde, nachdem er mich hier abgesetzt hatte.

Rasend schnell spulten sich Bilder vor meinem inneren Auge ab, und es war, als würde plötzlich alles Sinn machen.

Natürlich.

Natürlich würde sich jemand wie Nikolas niemals mit mir begnügen. Wie froh er gewesen sein musste, als ich darauf bestanden hatte, dass er mich herbrachte! Immerhin setzte ich seinem Schauspiel dadurch ein frühzeitiges Ende. Ich stöhnte erneut auf, sprang vom Stuhl. Dieses Mal fegte ich wirklich das Glas vom Tisch, doch es war egal. Spielte keine Rolle. Die Scherben passten herrlich zu meinem Innenleben.

»Amelie!«, rief Becca aus, doch ich ignorierte sie. Schüttelte den Kopf, stolperte vorwärts.

Dieser Schmerz. Dieser unglaubliche, unbändige Schmerz. Und, viel schlimmer: Die Stimme in mir, die immer und immer wieder gehässig auf mich einredete.

Ich habe es dir gesagt. Ich habe es dir gesagt. Ich habe es dir gesagt ...

Beccas Stimme ertönte hinter mir, doch ich ignorierte sie. Blendete aus, was um mich herum geschah. Meine Welt geriet aus den Fugen, und dazu brauchte ich Ruhe. Abstand. Ich musste alleine sein. Irgendwie schaffte ich es, in mein Zimmer zu stolpern. Becca war hinter mir, doch ich riss mich los, als sie nach mir griff. Erwiderte ich sogar irgendetwas? Keine Ahnung. Mit den letzten Fetzen meiner Selbstbeherrschung knallte ich die Tür ins Schloss. Das letzte, was ich sah, war Beccas Gesicht: zerrissen von Schmerz, Wut und Unglaube. Ich drehte den Schlüssel zweimal um, damit sie mir nicht folgen konnte, schaffte es einen weiteren Schritt – und dann fiel ich zu Boden. Auf Händen und Knien kroch ich einen weiteren Meter nach vorne, doch der Weg zu meinem Bett war zu weit. Mitten in meinem dunklen Zimmer fiel ich auf die Seite, rollte mich zusammen, und tat das einzige, wozu ich noch in der Lage war.

Ich weinte – und das bitterlich. Jeder Schluchzer zerfetzte meine Seele. Jede Träne ätzte sich über meine Haut, löschte die Erinnerung an Nikolas' zärtliche Berührungen aus. Ich weinte, bis keine Flüssigkeit mehr übrig war, bis ich nur noch leise schluchzte und zitterte. Ich versickerte in den Teppich, verlor jegliche Achtung vor mir selbst, und dann kapitulierte ich.

Immerhin hatte ich es nicht besser verdient. Ich naives Ding.

❄

Irgendwann klingelte es an der Tür. Wahrscheinlich das Essen. Ich ignorierte es ebenso wie Beccas Klopfen, schleppte mich zum Bett, wo meine Kopfhörer lagen, und setzte sie auf. Zwar wollte ich keine Musik hören, aber noch viel weniger wollte ich irgendetwas anderes wahrnehmen. Ich stellte irgendeine Herzschmerzplaylist an, weil ich der Meinung war, mir diese Melodramatik leisten zu können, und blendete die Welt um mich herum aus.

Am nächsten Morgen stand ich sehr lange nicht auf. Ich ging nicht zur Uni, sah nicht auf mein Handy, öffnete nicht meinen Laptop. Ich schottete mich von der Welt ab, wollte mich ihrem Hohn nicht stellen.

Ich wurde wieder unsichtbar – wenn auch nur für mich selbst. Das war offenbar das Einzige, was ich wirklich konnte.

14

Nikolas

Unwahrscheinlich viele Benachrichtigungen prasselten auf mein Handy ein. Reaktionen auf Lanis Story, denn natürlich hatte sie das Bild von uns hochgeladen, hatte mich sogar verlinkt. Meine Freunde, die sich wunderten, wo ich blieb. Irgendwelche belanglosen Kommentare von Leuten, die meinten, sich ein Urteil bilden zu können.

Nur von Amelie hörte ich nichts.

Sie ging nicht an ihr Handy. Las keine einzige meiner Nachrichten – egal, auf welchem Kanal ich ihr schrieb. Sie kam nicht an die Tür, dafür aber Becca – und die schlug sie mir wortlos vor der Nase zu, ehe ich auch nur ein Wort sagen konnte. Ihre Miene: Hasserfüllt.

Somit wusste ich immerhin, dass sie das Bild gesehen hatte. Und das wiederum ließ keinen Zweifel daran, woher Amelies Funkstille rührte.

Ich saß die halbe Nacht im Flur, wusste nicht, worauf ich wartete. Sah ständig auf mein Handy, rief immer wieder bei Amelie an, doch irgendwann gingen die Anrufe nicht mehr durch, und kurz danach machte mein Akku schlapp.

Ich erreichte sie nicht. Konnte nicht mit ihr reden. Die Katastrophe nahm ihren Lauf.

Weil ich nichts verrichten konnte, schleppte ich mich schließlich nach Hause. Ich redete mir ein, dass ich sie am nächsten Tag in der Uni abfangen und alles erklären würde. Doch als ich nur wenige Stunden später völlig fertig und schlaflos vor den Seminarraum stolperte und mich den fassungslosen Gesichtern meiner Kumpel aussetzen musste, ahnte ich bereits, dass es nicht so leicht werden würde.

Sie kam nicht.

Natürlich nicht.

Weder am Montag ließ sie sich in der Uni blicken, noch am Dienstag. Zwar konnte ich das schreckliche Missverständnis bei den Jungs aufklären – insbesondere bei Magnus, der wahrscheinlich seine ganz eigenen Version von seiner Schwester erhalten hatte. Doch als ich ihn bat, ein Wort für mich bei ihr einzulegen, hob er nur abwehrend die Hände. »Das ist dein Kampf, Mann. Den musst du alleine ausfechten.« Eine Meinung übrigens, die die anderen teilten. Sie alle hatten Amelie in ihr Herz geschlossen, und auch wenn sie nun wussten, was wirklich geschehen war, spürte ich doch ihre unterschwelligen Vorwürfe. Ich war nicht der Einzige, der sie nicht mehr zu Gesicht bekam.

Eine weitere Person ging mir aus dem Weg: Lani. Sie hatte ihr Ziel erreicht, hatte das zwischen mir und Amelie aufs Spiel gesetzt, ohne je geplant zu haben, dass sie bei mir landen konnte. Pure Zerstörung, die bereits auf jener Wohnheimparty ihren Lauf genommen hatte.

Wieso nur hatte ich damals nicht direkt mit Amelie gesprochen, ihr alles über sie erzählt? Zu feige, um mit den Konsequenzen zu leben, hatte ich den Weg für dieses Chaos geebnet.

Und nun hatte Amelie mich aus ihrem Leben gestrichen.

Auch am Montag ließ mich niemand in die Wohnung. Am Dienstag stellte ich fest, dass Amelie ihren Account bei Instagram gelöscht hatte; kurz darauf bemerkte ich, dass ich bei WhatsApp blockiert war.

Als ich Mittwoch in die Uni ging, war ich bereits völlig fertig, aber entschlossen, es nicht dabei bewenden zu lassen. Ja, Lani hatte mich geküsst – aber sie hatte sich mir aufgedrängt, einen Moment der Unaufmerksamkeit genutzt. Nichts davon war echt. Nichts hatte eine Bedeutung. Ich musste nur schaffen, mit Amelie darüber zu reden.

Wenn ich sie denn irgendwann endlich zu Gesicht bekam.

Dummerweise tauchte sie auch an diesem Tag nicht zu unseren Kursen auf, dafür jedoch entdeckte ich Becca in der Mittagspause. Mir war klar, dass ich ein absoluter Dorn in ihren Augen war, dazu musste ich gar nicht erst ihre giftigen Blicke sehen, mit denen sie mich erdolchte, als ich vor ihrem Tisch stehen blieb. Ihr gegenüber saß ein Typ mit Vollbart und Nerdbrille. »Hey, kannst du uns mal kurz alleine lassen? Wir haben etwas Wichtiges zu besprechen.«

»Gar nichts haben wir zu besprechen«, fauchte Becca, doch der Kerl überschlug sich fast, um mir Platz zu machen. Offenbar wusste er, wann es besser war, den Rückzug anzutreten.

»Danke, Mann«, murmelte ich ihm zu, klopfte auf seine Schulter und fiel dann auf den nun freien Stuhl.

Ich schätze, ich konnte dankbar sein, dass Becca mich nicht augenblicklich erwürgte.

»Deine Wut ist absolut verständlich«, begann ich daher diplomatisch.

»Ist sie das?«, erwiderte sie höhnisch. »Da habe ich ja Glück. Danke, dass du sie mir zugestehst!«

»Aber nicht begründet«, fuhr ich eilig fort. Ihre Augen quollen hervor, und ihr Gesicht nahm eine so tiefrote Färbung an, dass ich glaubte, sie würde jeden Moment umkippen. Immerhin fiel sie mir nicht ins Wort, also redete ich weiter. »Lani hat mir eine Falle gestellt, okay? Sie war in ihrem Stolz verletzt, weil ich ihr Amelie vorgezogen habe, und deshalb wollte sie das zwischen uns zerstören ...« Meine Stimme versiegte. Um ehrlich zu sein, klang ich erbärmlich

– und meine Geschichte an den Haaren herbeigezogen. Kein Wunder, dass Becca mir nicht augenblicklich erleichtert um den Hals fiel.

»Ja, klar.« Sie schnaubte auf, dann beugte sie sich über den Tisch und sah mich scharf an. »Soll ich dir mal was sagen, du Frauenheld? Was auch immer geschehen ist, ich bin mir sicher, dass du es hättest verhindern können. Ich meine – was soll das? Eine Stunde, nachdem du sie bei uns abgesetzt hast, sitzt du alleine mit Lani im Dunkeln und lässt dich abschlabbern? Du kannst mir doch nicht sagen, dass ein so starker Kerl wie du das nicht verhindern konnte.«

»Und ob ich das kann!« Wütend schlug ich mit der Faust auf den Tisch, zog sie aber sofort wieder peinlich berührt zurück. Die Leute um uns herum warfen mir irritierte Blicke zu. Kein Wunder.

Becca sah mich herausfordernd an. »Ach ja? Was ist deine Ausrede? K.o.-Tropfen? Kurzfristige Unzurechnungsfähigkeit? Oh, oder der Klassiker: Hat dein Schwanz das Denken übernommen?«

»Wenn es um den gegangen wäre, hätte ich Amelie garantiert nicht nach Hause gebracht«, presste ich gequält hervor. Becca legte lediglich den Kopf schief. Ich atmete schnaubend durch. »Ich schwöre dir, nichts davon war geplant. Zumindest nicht von mir. Lani ist ein falsches Miststück. Zwischen uns hatte sich etwas angebahnt, ehe ich Amelie kennengelernt habe. Aber noch bevor sie in mein Leben trat, hatte ich bereits festgestellt, dass es keinen Zweck hat. Lani hat das persönlich genommen und offenbar geplant, meine neue Beziehung zu zerstören.«

»Deine neue Beziehung«, höhnte Becca, klang jedoch nicht mehr ganz so feindselig.

Ich erachtete das als Chance. »Ja! Glaubst du wirklich, ich hätte Amelie noch am Samstag gefragt, ob wir nun zusammen sind, wenn ich doch nur vorhatte, sie zu verarschen?«

»Ich weiß es nicht«, gab sie wütend zurück. »Auf jeden Fall denkt Amelie das. Weißt du eigentlich, wie sehr du sie verletzt hast? Im Prinzip glaubt sie, dass sich alles wiederholt hat. Nur lag ihr an dir viel, viel mehr als an diesem Flachwichser vom Vorjahr -«

»Was? Nein! Auf gar keinen Fall würde ich sie ins Bett locken, nur um dann -«

»Und wie soll es deiner Meinung nach sonst aussehen? Sie traut sich endlich, schläft mit dir, obwohl sie fürchterliche Angst vor dieser Art von Nähe hat, obwohl ihr Selbstbewusstsein so leidet – und wenige Stunden später sieht sie, wie du mit einer anderen herummachst? Wie zur Hölle soll sie das denn bitte verstehen?«

Obwohl es nichts als eine Falle von Lani war und ich mir maximal vorwerfen konnte, dass ich sie nicht direkt durchschaut hatte, sondern mit ihr nach oben gegangen war, spürte ich doch einen scharfen Schmerz. Zu wissen, dass ich Amelie derart verletzt, sie an ihren Ex erinnert hatte, wo es doch immer mein Ziel gewesen war, genau diese Erinnerungen an ihn auszulöschen, war wie ein Schlag in die Magengrube.

Keine Ahnung, was Becca in mir las, aber ihre Miene veränderte sich. »Verflucht nochmal, du glaubst wirklich, was du sagst, oder?«

In all meiner Verzweiflung klammerte ich mich an diesen einen Halm. Meine Stimme überschlug sich förmlich. »Ja! Es ist wahr! Ich dachte, sie will reden, um damit abschließen zu können. Da ich mich wirklich nicht ganz fair verhalten habe, wollte ich ihr diese Chance geben. Kaum waren wir alleine, hat sie mich über Amelie ausgequetscht und sie beleidigt. Und als sie mir auf den Schoß gesprungen ist, hat eine Freundin dieses Bild gemacht. Es war Rache, das hat sie mir auch gesagt! Bitte, Becca, du musst mir glauben. Ich bin verliebt in Amelie, wieso hätte ich so etwas tun sollen?« Alles in mir blieb stehen. Zum ersten Mal hatte ich diesen Gedanken laut ausgesprochen, der sich im Laufe der letzten Tage mehr und mehr in mir manifestiert hatte. Becca sah so überrumpelt aus, wie ich mich fühlte; aber nur im ersten Moment. Ich begann, eifrig zu nicken. »Ja, so ist es. Ich habe mich in sie verliebt. Ich will wirklich mit ihr zusammen sein!«

Becca wirkte in die Enge getrieben. »Du«, brachte sie langsam hervor. »Der Playboy der Uni.«

Nun wurde ich sauer. »Hör auf. Das hast du mir vorher auch nie vorgeworfen, während ich mit ihr ausgegangen bin!« Frustriert rieb ich mir durchs Gesicht. »Du musst mir einfach glauben.«

Als ich sah, wie sie mit dem Kopf schüttelte, wurde mir ganz flau. »Das spielt keine Rolle, Nikolas. Amelie musst du überzeugen, nicht mich.«

»Aber wie, wenn ich sie nicht erreiche?«

Sie schlug ihre Augen nieder, begann, die Reste ihres Mittagessens zu zerpflücken. Wie hypnotisiert beobachtete ich ihre Zerstörungswut, spürte, wie mein Magen sich mehr und mehr zu einem schmerzhaften Ball zusammenknotete.

Das hier würde mich nirgendwohin führen. Meine letzte Chance, an Amelie zu kommen, zerrann zwischen meinen Fingern, und ich ahnte, dass ich zu verzweifelten Maßnahmen übergehen musste. Im Geiste plante ich bereits, im Flur vor ihrer Wohnung zu kampieren, bis sie mir irgendwann unter die Augen treten musste, als Becca sich plötzlich vernehmlich räusperte.

Mein Herz machte einen schmerzhaften Satz in die Höhe.

»Sollte ich das hier bereuen, werde ich dafür sorgen,

dass du nie wieder auch nur einer Frau weh tun kannst«, zischte sie aufgebracht.

»Komm schon«, presste ich hervor. »Seit wann bist du so ein Kamikazeweib?« Es war verdammt riskant, aber als ich Becca mit diesem Kommentar ein flüchtiges Grinsen entlockte, lüftete sich ein beträchtlicher Teil der Schwere auf meinen Schultern.

Sie verdrehte die Augen. »Eventuell hätte ich eine Idee. Aber wie gesagt ...«

»Ja, wenn ich Mist baue, darfst du mich höchstpersönlich kastrieren.«

Sie lachte trocken auf. »Ich nehme dich beim Wort. Aber um ehrlich zu sein – scharf bin ich nicht darauf. Du solltest dich also ranhalten ...«

15
Amelie

Wäre es nach mir gegangen, hätte ich vor den Weihnachtsferien keinen Fuß mehr in die Uni gesetzt. Ich hatte auch so schon mehr als genug Stoff verpasst und nicht die geringste Ahnung, wie ich diesen Rückstand aufholen sollte, auf einen weiteren Tag kam es also wirklich nicht an. Erfüllt von der Hoffnung, mich im neuen Jahr mit etwas Abstand wieder im Griff zu haben, wollte ich dieses unsägliche Kapitel hinter mir lassen. Aber ein paar meiner ausgeliehen Bücher liefen ab, und da es Vormerkungen gab, konnte ich nicht alle verlängern. Becca weigerte sich, sie für mich in der Bibliothek abzugeben, wieso auch immer. Ich hatte den Verdacht, dass sie meine Trauermiene leid war und hoffte, mich auf die Weise wieder in die Spur zu kriegen. Als wenn es einen Unterschied machte, ob ich in meinem Zimmer hockte und deprimiert war oder ob ich mich zur Bibliothek schleppte.

Aber gut.

Da ich keine Lust hatte, mit ihr zu diskutieren, gab ich mich geschlagen. Allerdings begleitete ich sie nicht in die Mensa, ich schaffte es nicht einmal zu meinem letzten Kurs vor den Weihnachtsferien. Stattdessen wartete ich ab, bis es dämmerte. Ich hatte extra nachgesehen, ob sich an diesem letzten Freitag vor den Feiertagen die Öffnungszeiten geändert hatten, jedoch nirgendwo eine entsprechende Info gefunden.

Um diese Uhrzeit würde sich wohl kaum noch jemand in die Bibliothek verirren. Die eine Hälfte wäre bereits auf dem Weg nach Hause, die andere auf einer letzten Party. Die Chancen, jemandem über den Weg zu laufen, waren mehr als gering.

So zumindest der Plan.

Womit ich nicht gerechnet hatte, war die schiere Flut an schmerzlichen Erinnerungen, sobald ich den ersten Fuß durch die Pforte gesetzt hatte. Egal, wohin ich sah, Nikolas schob sich vor mein inneres Auge. Sein strahlendes Lächeln. Sein verhangener Blick, als wir das letzte Mal miteinander geschlafen hatten. Vor fünf Tagen, auch wenn es sich eher wie fünf Wochen anfühlte. Die Art und Weise, wie er mir das Gefühl gegeben hatte, etwas Besonderes zu sein.

Nur, dass es nichts als ein Spiel gewesen war.

Die verhassten Tränen schossen mir erneut in die Augen. Wütend rieb ich mir durchs Gesicht, schniefte wenig elegant und schob die Tasche zurück auf meine Schulter, um diese leidliche Pflicht hinter mich zu bringen.

Vielleicht sollte ich danach einfach bei einem Supermarkt halten, eine Flasche Glühwein kaufen und mich alleine betrinken.

Nein, kein Glühwein. Mit Weihnachtsstimmung war eindeutig Schluss. Vielleicht Wodka oder Korn. Am besten direkt Spiritus.

Verdammt nochmal.

Ich stöhnte leise auf, während ich durch den leeren Flur zur Bibliothek eilte. Meine Schritte hallten schaurig auf den Fliesen.

Eine einzige Person saß am Tresen im Eingang. Sie hob gelangweilt den Kopf, als ich durch die Schwingtür trat, konzentrierte sich aber sogleich wieder auf ein Kreuzworträtsel. Für einen Moment blieb ich unschlüssig stehen, doch dann geschah etwas Unerwartetes: Ich atmete tief ein, nahm den Geruch unzähliger Bücher wahr und begann, mich ein wenig zu entspannen.

Obwohl ich eben noch geplant hatte, direkt wieder zu verschwinden, sobald die Bücher abgegeben waren, lenkten mich meine Schritte tiefer in die gewohnten Regalschluchten, sobald ich meine Pflicht erfüllt hatte. Es war wohl der Inbegriff des Streberdaseins, zwei Tage vor Weihnachten um halb zehn Uhr abends in Fachliteratur zu stöbern, aber es war altbekannt. Es fühlte sich normal an.

Und ich hieß jede Form von Entspannung willkommen, die mich zumindest für einen kurzen Augenblick von dem scharfen Schmerz ablenkte, der seit Sonntag mein ständiger Begleiter war.

Natürlich lenkten mich meine dummen Füße direkt in die Abteilung, in der ich Bücher zu abnormalem Verhalten fand. Mühsam versuchte ich, die Erinnerungen an eine Nacht vor vielen Wochen zu verdrängen. Damals war ich hier nicht alleine, nun jedoch hieß ich diesen Umstand willkommen.

Selbst wenn es die frischen Wunden in mir erneut aufriss und vertiefte.

Eine Weile lang verlor ich mich in den vielfältigen Buchrücken. Fuhr mit dem Finger an ihnen entlang, zog hier und da ein Exemplar hervor, um den Klappentext zu lesen. Ein paar Exemplare landeten auf meinem Arm; ein wenig Literatur für die Ferien würde nicht schaden.

Gerade beschloss ich, meine Ausbeute zur Ausleihe zu bringen, als etwas ganz und gar Unerwartetes geschah: Das Licht ging mit einem lauten Klacken aus.

Mir entfuhr ein überraschter Aufschrei.

Obwohl ich genau wusste, wo ich mich befand, stolperte ich gegen das riesige Regal, das sich von diesem Aufprall nicht beirren ließ. Die Bücher glitten mir von dem Arm, und fluchend sank ich auf den Boden, um sie aufzusammeln. Dummerweise erkannte ich gar nichts, es war stockdunkel und meine Augen hatten sich noch nicht an die neuen Lichtverhältnisse gewöhnt.

Mein Herz begann schmerzlich zu pochen.

»Hallo? Ist da jemand? Ich bin noch hier!«

Meine Stimme war dünn und zittrig. Ich stolperte vorwärts, in der Hoffnung, dass der träge Mitarbeiter noch da war, der mich doch sehr wohl die Bibliothek hatte betreten sehen! Wie konnte er mich so schnell wieder vergessen?

»So viel zum Thema Öffnungszeiten«, murmelte ich aufgebracht. »Das ist doch wohl ein schlechter Scherz!«

Offenbar war es bitterer Ernst, denn als ich den Eingangsbereich erreichte, war dieser so verlassen wie befürchtet – und die Eingangstür verschlossen. Frustriert schlug ich gegen das Glas, aber da war niemand, der mich bemerken konnte. Ich fühlte mich wie der letzte Mensch auf Erden.

Unsichtbar.

Gott, es passte so sehr.

Resigniert ließ ich den Kopf gegen die Scheibe sinken und kämpfte gegen die Tränen an, die in mir aufstiegen. Natürlich hatte jeder andere Mensch auf der Welt um diese Uhrzeit und an diesem Tag besseres zu tun, als in die Bibliothek zu gehen. Wahrscheinlich hatte der Mitarbeiter deshalb spontan früher Feierabend gemacht und mich schlichtweg vergessen.

Weil es mir wie die sinnvollste Idee erschien, setzte ich mich schließlich in Bewegung, um jenen Arbeitsplatz anzusteuern, den ich vor vielen Wochen bereits aufgesucht hatte. Dabei passierte ich den Zugang zum Treppenhaus, und hielt abrupt inne.

»Was zur Hölle ...?«

Verwirrt legte ich den Kopf schräg und begann zu lauschen. Hatte ich da nicht gerade etwas gehört? Mein Blick huschte zu den Arbeitsplätzen, aber meine Schritte lenkten mich zögerlich zu den Treppen.

Und ja, tatsächlich. Irgendwo spielte leise Musik.

Das wiederum musste doch bedeuten, dass ich nicht alleine war, oder? Vielleicht fand ja irgendwo eine Art Weihnachtsfeier statt? Hoffnung keimte in mir auf; Hoffnung, doch nicht den Rest der Nacht hier verbringen zu müssen.

Oder, noch viel schrecklicher, die gesamten Ferien.

»Hallo?« Auf jeder Etage blieb ich stehen, lauschte nach Antworten, doch abgesehen davon, dass die Musik lauter wurde, erhielt ich keine Antwort. Schon bald wurde mir klar, dass der Lärm aus dem obersten Stockwerk kam. Erfüllt von einem Gemisch aus Hoffnung und Unbehagen erklomm ich auch die letzten Stufen. Mittlerweile konnte ich sogar den Liedtext entziffern. Es war eines von diesen kitschigen Liedern über Liebe, die zur Weihnachtszeit im Radio rauf und runter liefen. Hoffentlich platzte ich in kein inszeniertes Date verliebter Wirtschaftsinformatiker, die billigend in Kauf nahmen, für ihr Schäferstündchen in der Bibliothek eingeschlossen zu werden. Jede Zurschaustellung von Zuneigung war derzeit ein Dorn in meinem Auge.

Oben angekommen brachte ich dieses Mal kein Wort über die Lippen. Mein Herz raste und stolperte, und mein Magen füllte sich mit Unbehagen. Etwas fühlte sich nicht richtig an. Ich wollte eigentlich gar nicht wissen, was hier geschah. Vielleicht sollte ich lieber wieder runter gehen, sollte mich nahe des Notausgangs setzen und herumtelefonieren, bis ich jemanden fand, der mich retten konnte, ohne eine peinliche Szene zu generieren. Noch hatte mein Handyakku Saft.

Als hätte ich gar keine andere Wahl, setzten sich meine

Füße wieder in Bewegung. Immer tiefer drang ich in die Etage ein, sah schon bald einen verdächtigen Lichtschimmer – und der kam direkt von der Fensterfront. Um genauer zu sein, von jener Sitzecke, wo ich vor vielen Wochen einen Splitter meiner Seele preisgegeben und mich dadurch verletzlich gemacht hatte.

Das ungute Gefühl formte sich zu einer Vorahnung, und doch war ich nicht in der Lage umzukehren. Als würde ich den unausweichlichen Weg zur Schlachtbank hinabschreiten, schlich ich vorwärts; zwischen zwei Regalen entlang und der Lichtquelle entgegen, bis ich schließlich dem Mann gegenüber trat, den ich am liebsten für immer aus meinem Gedächtnis gestrichen hätte.

Er war hier.

Nikolas Winter war hier. Mir entkam ein erstickter Laut, als ich sein Erscheinungsbild auf mich wirken ließ, und meine Beine versagten mir fast den Dienst. Unsicher stolperte ich auf einen der Sessel zu, um mich an der Lehne abzustützen.

»Hallo Amelie«, brachte er rau hervor.

Ich konnte nur verzweifelt mit dem Kopf schütteln.

Die ganze Situation wirkte beinahe grotesk auf mich. Nikolas hatte die Sitzecke dekoriert. Ich sah eine seiner Lichterketten an der Fensterfront, unzählige flackernde Teelichter und sogar den kleinen, künstlichen Weihnachtsbaum aus seiner Wohnung, darunter ein Geschenk. Ein Teller mit Keksen stand ebenso bereit wie eine Thermoskanne, und aus einem kleinen USB-Lautsprecher tönte ein viel zu fröhliches Weihnachtslied. Es war so ... drüber.

Nikolas selbst wirkte weitaus weniger festlich. Zwar trug er ein Hemd zur Jeans, aber seine Miene war zerrissen. Wenn ich es nicht besser gewusst hätte, hätte ich behauptet, dass er unsicher war.

Er. Nikolas Winter. Trotz allem noch immer der attraktivste Typ der Uni, aber leider auch einer der größten Mistkerle. Mein Herz – oder besser gesagt die verbliebenen Reste – zogen sich schmerzlich zusammen. »Was soll das?«, brachte ich erstickt hervor.

Verdammt. Man hörte mir den Schmerz allzu gut an.

Seine Augen huschten über meine Gestalt. Tja, Überraschung. Ich war keine aufgestylte, dünne Tussi wie Lani. Niemals weniger als derzeit. Als ich hierher gekommen war, hatte ich mir nicht die geringste Mühe gemacht, mich in einen ansehnlichen Zustand zu bringen. Ich trug eine Wollleggings, den Parka über meinem Kuschelpullover, einen dicken Schal und die tiefsten Augenringe, die ich jemals gehabt hatte.

Schmerz huschte nun auch über seine Züge, er schob die Hände in die Hosentaschen und trat einen kleinen Schritt vor.

Ich zuckte zusammen.

»Ich muss mit dir reden, Amelie.«

Ich lachte heiser auf. »Und dazu all dieser Aufwand? Was soll das? Weiß Lani überhaupt davon?«

»Lani?« Er schnaubte hart. »Lani ist das größte Miststück, das die Welt je gesehen hat, und ich kann nicht zulassen, dass sie uns weiter im Weg steht.«

Meine Augen weiteten sich. »Was ist? Hast du schon wieder genug von ihr? Willst du sie nun genauso verletzen wie mich?«

»Nein!« Er klang so aufgebracht, dass eine Stimme in meinem Hinterkopf leise Zweifel anmeldete. Als er diesmal auf mich zustürmte, trug ich es mit Fassung. Es konnte sowieso nicht schlimmer werden. Was auch immer er hier veranstaltete, es schlug nur noch tiefere Wunden in mein Herz. Allerdings war nicht mehr allzu viel da, worauf er herumtrampeln konnte.

Ich schloss ergeben die Augen. »Das kapiere ich nicht.«

Erschrocken zuckte ich zusammen, als ich eine federleichte Berührung auf meiner Wange fühlte. Augenblicklich riss ich die Augen wieder auf und sah, dass er nun direkt vor mir stand, seine Hand an meinem Gesicht und vibrierend vor Anspannung. »Lass es mich dir erklären. Das ist das Mindeste, was du mir schuldest.«

Ich lachte schrill auf. »Dir schulden? Habe ich etwas nicht mitbekommen -«

»Ja!«, fiel er mir heftig ins Wort. So aufgebracht hatte ich ihn wirklich noch nie erlebt. Der leise Zweifel in mir wuchs, auch wenn das gleichzeitig den Schmerz anfeuerte. Ich würde wohl nie lernen. Einmal dumm, immer dumm. »Es war eine verdammte Falle!«

»Ja, natürlich. Eine Falle.« Zittrig löste ich mich aus seiner Berührung, doch anstatt es zuzulassen, umrundete er kurzerhand den Sessel und griff nach meiner Hand.

»Warte bitte! Verflucht.« Heftig fuhr er sich durch sein Haar, brachte die ungewohnte Ordnung durcheinander, und wirkte so verzweifelt, dass ich tatsächlich innehielt. »Ich hätte es dir von Anfang an sagen sollen. Bevor ich dich kennengelernt habe, sind Lani und ich uns näher gekommen. Es war nie mehr als ein kleiner Flirt, und mir war schnell klar, dass es keine Zukunft hat. Noch ehe wir hier eingeschlossen waren. Lani ... ist mit dieser Zurückweisung nicht gut zurechtgekommen.«

Schmerz pulsierte ebenso durch meine Adern wie Unglaube. »Wieso hast du mir das nie erzählt?«

»Du warst so verdammt verschlossen.« Stöhnend rieb er sich nun durchs Gesicht. Er wirkte unglaublich fahrig. »Konntest mir nicht glauben, dass ich ausgerechnet dich wollte. Wenn ich dir nun gesagt hätte, dass ich vorher im Begriff war, etwas mit Lani anzufangen – wie gut hättest du das aufgenommen?«

»Du wärst ehrlich gewesen!«, fuhr ich auf. »Wieso hast

du nichts auf der Party gesagt? Oder nach jenem Nachmittag im Café?«

»Ich hatte Angst!«, erwiderte er heftig. »Angst, jede Chance zu zerstören, dass du dich auf mich einlässt.«

»Tja nun, dann hast du alles richtig gemacht«, brachte ich zittrig hervor. »Du hast mich dazu gebracht, in dein Bett zu steigen. Und dann bist du doch zu ihr zurückgekehrt.«

»Aber das bin ich gar nicht! Bitte, Amelie, du musst mir glauben! Lani hat mich in diese Situation gelockt. Sie wollte reden, und ich dachte, nur so lässt sie dich und mich in Ruhe. Als sie sich so an mich geschmissen hat, wollte ich gerade verschwinden, weil sie dich beleidigt hat. Ich war vollkommen überrumpelt – aber ihre Freundin hat genau im richtigen Moment das Foto gemacht.«

»Luna?«, brachte ich heiser hervor.

Er blickte mich verwirrt an. »Ja, wie kommst du darauf?«

Ich schüttelte den Kopf. Sie war mir falscher vorgekommen als Cassy. So etwas klang nach ihr. Mein Herz begann, schwerer zu pochen. Ich wollte es nicht, aber ich begann, seine Worte zuzulassen. Die Wahrheit dahinter. »Kannst du dir vorstellen, wie es sich angefühlt hat? Keine Stunde, nachdem du mich abgesetzt hast, über Instagram zu erfahren, dass du mit Lani zusammen warst? Wieso habt ihr euch überhaupt getroffen?«

»Ich bereue es zutiefst«, brachte er gequält hervor. »Ich wollte nicht direkt nach Hause; die Aussicht auf ein leeres Appartement war zu deprimierend. Lukas hat mich gefragt, ob ich ins Wohnheim kommen und Football gucken will. Sie war ebenfalls dort.«

Sprachlos starrte ich ihn an. Seine Worte machten auf verschrobene Art und Weise Sinn. Von Anfang an hatte ich ein ungutes Gefühl bei Lani. War sie wirklich so eine falsche Schlange?

»Sie wollte sich rächen«, brachte Nikolas rau hervor.

»Weil ich sie verletzt habe. Ihre Worte. Wenn sie mich nicht haben kann, dann keine, und schon gar nicht du.«

Nun wurden meine Knie endgültig weich. Unsicher stolperte ich um den Sessel, fiel in die Polster. Und Nikolas? Er ging direkt vor mir auf die Knie. Flehend sah er mich an.

»Bitte, du musst mir glauben. Ich wollte das nie. Mir ist klar, wie das Bild aussieht, aber sie hat mich überrumpelt. Nur eine Sekunde später habe ich sie fortgestoßen, aber es war zu spät.«

»Das Bild war gemacht.« Meine Kehle verschloss sich. »Wie soll ich dir glauben, Nikolas? Wie?«

Er beugte sich vor, umfasste mein Gesicht mit beiden Händen, und seine Nasenspitze berührte meine. »Die letzten Tage waren die Hölle für mich. Wochenlang wusste ich nicht, dass du existierst, aber nun, da ich dich kenne, war es schrecklich, dass du wieder zu Luft geworden bist. Verdammt, Amelie, ich habe mich in dich verliebt, okay? Ich will -«

»Was?« Ich erstarrte. Alles in mir gefror zu Eis, nur um kurz danach zu zerfließen. So kalt konnte er doch gar nicht sein und mir so etwas sagen, nur um meine Qual zu verlängern, nicht wahr?

Seine Daumen begannen, über meine Wangen zu streichen. »Du hast mein Herz gestohlen, Amelie Richter, und ich will es gar nicht zurück. Ich will einfach nur bei dir sein. Das reicht mir.«

Tränen lösten sich aus meinen Augenwinkeln. Sanft fuhr er über die Flüssigkeit, streichelte sie fort. Seine Stimme wurde zu einem rauen Flüstern. »Ich könnte dich niemals bewusst verletzen. Dich so zu sehen, so traurig – es zerreißt mich. Bitte lass es mich wieder gut machen. Lass mich deine Wunden heilen. Ich weiß, dass ich es kann. Ich weiß, dass wir zusammengehören.«

Wie sollte ich darauf auch nur eine Silbe über die

Lippen bringen? Äußerlich war ich starr, aber mein Herz raste, meine Gedanken überschlugen sich. Was, wenn er die Wahrheit sagte? Die gesamte Woche hatte ich damit verbracht, mir einzureden, wie klein und wenig liebenswert ich war. Das hier, es eröffnete ganz neue Perspektiven. Die Hoffnung in mir begann wie wild zu keimen, und in diesem Moment wurde mir klar, dass er mich endgültig zerstören würde, wenn er es nun als Scherz abtat.

Aber das geschah nicht. Als er bemerkte, dass ich nichts erwiderte, mich aber auch nicht zurückzog, beugte er sich vor. Seine Lippen strichen sanft über meine. Dieser Beinahekuss, den ich in den vergangenen Wochen so sehr geliebt hatte. Ich erschauderte unwillkürlich, und das nahm er als Anlass, um seinen Mund fest auf meinen zu pressen.

Der Sessel knarrte unter dem doppelten Gewicht, hielt uns aber. Nikolas' Hände glitten in meinen Nacken, umklammerten mich, hielten mich genau dort, wo ich war, und der Kuss vertiefte sich. Ich schmeckte Verzweiflung und Hoffnung, Lust und Versprechen.

Und ich gab nach.

Mit einem tiefen Stöhnen teilten sich meine Lippen. Er nahm diese Einladung bereitwillig an, seine Zunge verschaffte sich Zutritt zu meinem Mund, und plötzlich regelten unsere Körper, was wir all die Tage nicht geschafft hatten.

Süße Erlösung.

»Oh Gott, Amelie«, murmelte er, ohne den Kuss richtig zu unterbrechen. »Du glaubst gar nicht, wie froh ich bin -«

»Freu dich nicht zu früh«, brachte ich rau hervor. Als er innehielt, meinen Blick suchte, löste sich eine weitere Träne. »Ich … ich kann dir nicht einfach so wieder vertrauen. Ich kann nicht so tun, als wäre das alles nicht passiert. Die letzten Tage waren auch für mich schrecklich.«

»Natürlich«, brachte er eilig hervor. »Aber ich schwöre,

dass ich es wieder gutmachen werde. Ich werde alles geben, damit du mir wieder vertraust. Das verspreche ich dir!« Lächelnd löste er sich von mir, trat zurück an den niedrigen Tisch. »Und genau jetzt lege ich damit los.«

Beinahe neugierig sah ich zu, wie er die Thermoskanne mit einem leisen Quietschen aufdrehte. Kurz darauf erfüllte der süße Duft von Kakao die Luft, und er reichte mir eine Tasse. Eine blaue, mit Stadtsilhouette, wie die vom Weihnachtsmarkt. Fragend deutete er auch auf die Kekse, doch ich schüttelte den Kopf. Noch traute ich meinem Magen nicht ausreichend.

Eigentlich traute ich keinem Zentimeter meines Körpers.

Er goss auch sich eine Tasse ein, und dann stießen wir mit einem leisen Klirren an. Die Musik änderte sich, der Ton wurde ruhiger, romantischer, und ich versank in den silbrigen Tiefen seiner Augen.

Ich war so verdammt machtlos seinem Charme gegenüber. »Vergangenes Wochenende habe ich ebenfalls festgestellt, dass ich mich in dich verliebt habe«, sagte ich, ehe ich es verhindern konnte. »Deshalb war es doppelt so schlimm, dich mit ihr zu sehen.«

»Oh Amelie.« Er stöhnte gequält auf, gleichzeitig jedoch wurde seine Miene weich. »Sie wird sich nie wieder zwischen uns stellen. Wir geben ihr gar nicht erst die Chance.« Seine Finger legten sich über meine, und ich genoss das Prickeln, das seine Berührung in mir auslöste. Der Bann war ungebrochen. Dieser Mann hatte die Macht, mich zu zerstören, gleichzeitig jedoch konnte er mich auch zur glücklichsten Frau der Welt machen.

Ein weiteres Mal richtete er sich auf, griff nach dem kleinen Päckchen. »Ich habe etwas für dich.«

Obwohl es ziemlich offensichtlich war, ich das Geschenk

sogar direkt entdeckt hatte, zuckte ich doch überrascht zusammen. »Für mich? Aber ...«

»Pack es einfach aus.« Mit einem feinen Lächeln überreichte er mir das kleine, bunte Paket.

Ich betrachtete es eine Weile zögerlich, doch als ich spürte, wie seine Unruhe wuchs, wickelte ich es vorsichtig aus. Völlig ohne jegliche Vorstellung, um was es sich handeln könnte, hielt ich den Atem an, als ich die kleine Schmuckschatulle sah. Mein Blick zuckte zu ihm, doch er bedeutete mir lediglich, weiterzumachen. Meine Finger zitterten, als ich den Deckel aufklappte – und im nächsten Moment atmete ich scharf ein.

Es war schlicht. Vielleicht nicht sonderlich einfallsreich. Und doch wunderschön. Eingebettet in schwarzem Samt lag eine filigrane Silberkette mit einem herzförmigen Anhänger. Ein winziger, funkelnder Stein war auf der rechten Hälfte eingelassen. Als ich sie nahm und im Kerzenlicht drehte, sah ich, dass auf der Rückseite etwas eingraviert war.

Nun blieb mein Herz endgültig stehen.

A + N. In geschwungener Schrift, Initialen, die alles bedeuten konnten, für mich aber eine klare Botschaft waren. Ein leiser Schluchzer drang mir über die Lippen. Nikolas ließ sich nicht davon beirren. Sanft nahm er die Kette aus meiner Hand, zupfte an dem Schal, bis er sich von meinen Schultern löste, und legte mir das Schmuckstück um. Kühl rutschte es in den Ausschnitt meines Pullovers, schmiegte sich an meine Brust, und ich schloss überwältigt die Augen.

»Bitte«, war alles, was er sagte.

Ich nickte kaum merklich, vorläufig noch keiner Worte mächtig. Dafür rollten weitere Tränen über meine Wangen.

Nikolas drückte mir erneut den Becher in die Hand. Wir stießen erneut an, ohne uns dabei aus den Augen zu lassen, und als ich dieses Mal einen Schluck trank, schmeckte er noch viel süßer.

»Du machst mich gerade so glücklich.« Seine Stimme war nicht mehr als ein sanftes Murmeln. Lächelnd beugte er sich vor, kostete von meinen Lippen. Er schmeckte nach Kakao. Ehe ich ganz in dieser Berührung versinken konnte, huschte mein Blick über die Fensterfront, und was ich sah, ließ mich vor Ehrfurcht erstarren. Es schneite, erneut. So wie damals, in unserer ersten Nacht.

Dieses Jahr war die Weihnachtszeit wirklich etwas Besonderes. Langsam sanken meine Lider hinab, nicht, ohne mir noch einen letzten Ausblick auf die silberne Wärme meines Gegenübers zu liefern.

Unglaublich.

Im Leben hätte ich nicht gedacht, dass der Abend so ausginge – und doch war es so.

Nikolas Winter war hier. Er hatte mir im wahrsten Sinne des Wortes sein Herz geschenkt, und ich? Ich nahm es entgegen. Vielleicht war es naiv. Vielleicht war es zu früh.

Aber er berührte etwas in mir, das ich tot geglaubt hatte, und nur er war in der Lage, die Wunden zu heilen, die mich zerrissen hatten.

Dank ihm glaubte ich wieder an Weihnachten.

Ich glaubte an die Liebe – für mich.

Und ich fühlte mich alles andere als unsichtbar.

Er war mein ganz persönliches Weihnachtswunder.

Epilog

»Das ist nicht dein Ernst, oder?« Ungläubig starrte ich Nikolas an, der unschuldig mit zwei Flugtickets vor meiner Nase herumwedelte. »Ich habe eigentlich andere Pläne für dieses Wochenende. Da ist diese schreckliche Abgabe -«

»Halt den Mund, Streberchen!« Lachend zog Nikolas mich in seine Arme und begann, seinen Worten Nachdruck zu verleihen, in dem er viele, viele kleine Küsse auf meine Lippen hauchte. Augenblicklich schaffte er es, meinen Widerspruch zu ersticken, aber die Nervosität blieb trotzdem.

Unsicher suchte ich seinen Blick. »Dieses Wochenende? London? Aber das ist doch verrückt.«

Er schüttelte lächelnd den Kopf. »Eigentlich nicht. Eigentlich ist es genau richtig. Du hast mir erzählt, dass du dort noch nie warst. Und wann bietet es sich besser an als in der Weihnachtszeit?«

»Aber das kostet doch sicher ein Vermögen!« Erschrocken riss ich die Augen auf. »Vor Weihnachten ist alles teuer, und -«

»Lass das nur meine Sorge sein.« Lächelnd streichelte er über meine Wange. »Betrachte es als Geschenk zu unserem ersten Jahrestag.« Seine Finger glitten hinab zu der Kette, die ich seit jener Nacht in der Bibliothek unentwegt trug.

Beinahe ein Jahr war seitdem vergangen. Ein Jahr voller Höhen und einiger weniger Tiefen.

Nikolas' Freundin zu sein war nicht immer leicht, aber ich hatte gelernt, mit den zweifelnden Blicken umzugehen, die mir manche zuwarfen. Hatte ich mich deshalb verändert? Angefangen, abzuspecken, mich mehr zu schminken oder zu einem Püppchen zu werden?

Nein.

Denn alles, was zählte, war Nikolas. Und der liebte mich genau so, wie ich war. Vielleicht sogar gerade deshalb.

Mit seiner Familie kam ich super aus, und mein Vater hatte zwar eine Weile gebraucht, ihn aber schließlich auch ins Herz geschlossen. Manchmal glaubte ich, dass ich all das nur träumte, denn dafür war es einfach viel zu gut.

Erneut suchte ich seinen Blick. »London also, ja?«

Sein Grinsen wurde breiter. »Aber ja. Ich habe uns sogar ein paar Sachen gebucht. Eine originale Jack-the-Ripper-Stadtführung zum Beispiel, bei der wir Schauplätze besuchen, und -«

»Ehrlich?« Mir entkam ein so lautes Quietschen, dass ich zusammenzuckte. Nikolas dagegen lachte herzlich auf.

»Du bist die einzige Frau, die bei einer solchen Aussicht derart ausflippt. Gott, Amelie, ich liebe dich so sehr. Du wirst mich nie wieder los, das ist dir hoffentlich klar?«

Erfüllt von einer unglaublichen Wärme presste ich mich an seine Brust. »Und ich liebe dich, Nikolas. Ich hoffe, dir ist bewusst, dass du nun eine ganz und gar unmögliche Erwartungshaltung in mir weckst.«

Er lachte leise. »Wie meinst du das?«

»Na ja.« Ich zuckte mit den Schultern. »Letztes Jahr hast du das Bibliothekspersonal bestochen, damit es uns einschließt. Dieses Jahr geht es nach London. Was kommt als nächstes?«

Er schob mich weit genug von sich, damit er mir in die Augen blicken konnte. Nichts als pure Liebe spiegelte sich in seinen wider. Liebe – und Freude. Er liebte die Weihnachtszeit mit all seinen Wundern wirklich sehr, und er hatte es geschafft, diesen Funken wieder in mir zu entfachen. »Ich weiß nicht. Es gibt so viele Möglichkeiten. Wien, Barcelona, Rom. Oder Paris. Ein Antrag auf dem Eiffelturm hätte doch auch etwas, oder?«

»Was?« Erschrocken sah ich ihn an, was ihm ein lautstarkes Lachen entlockte.

»Nun entspann dich mal, Süße. Das war nur so daher gesagt.«

Mir rasendem Herzen nahm ich seinen Kuss entgegen, spielte mit dem silbernen Anhänger und befahl meinen Nerven, sich zu beruhigen. Gerade hatte ich es geschafft, meine ausflippenden Gedanken wieder einigermaßen unter Kontrolle zu bringen, als er sich von mir löste und eine Strähne aus meiner Stirn strich.

»Aber du kannst dich ja schonmal an den Gedanken gewöhnen. Wie gesagt, du wirst mich so oder so nicht mehr los.«

Und damit hebelte er einfach so erneut meine Welt aus den Angeln.

Ich starrte ihn an. Erfüllt von Aufregung und Liebe – und einer sich plötzlich ausbreitenden Sicherheit. Was auch immer geschah, ich vertraute ihm. Ich glaubte an uns. Er hatte mir gezeigt, was Liebe bedeutet, er hatte geschafft, dass ich wieder an Wunder glaubte.

Mein persönliches Wunder war mehr als einen Kopf größer als ich, hatte dunkles Haar und die tollsten grauen Augen der Welt.

Und er hatte unerbittlich gekämpft, bis ich ihm glaubte, ihm vertraute.

Was konnte also noch schief gehen?

Ende

DANKSAGUNG

Ein weiteres Jahr ist vorbeigezogen – rasend schnell, so kam es mir zumindest vor.

Nachdem es mir 2018 so viel Spaß bereitet hat, eine Weihnachtsnovelle zu schreiben, und diese gleichzeitig auch als Möglichkeit zu nutzen, um euch allen für die tolle Zeit zu danken, war mir klar, dass ich es wieder so machen würde.

Danke! Danke für dieses unfassbare Jahr 2019!

Ich blicke zurück auf fünf Veröffentlichungen (wenn ich die Novelle mitzähle), was mich unglaublich stolz macht. Trotz der Zwillinge komme ich zum Schreiben, kann meiner absoluten Leidenschaft nachkommen, und das stimmt mich sehr, sehr glücklich und dankbar.

Glücklich – dass ich diese Zeit freischaufeln kann, selbst wenn sie natürlich von meiner Freizeit (und meinem Schlaf) abgeht. Mein wunderbarer Ausgleich zu all dem Alltagsstress.

Dankbar – dass ich einen so tollen Mann habe, der mir möglichst viel zusätzliche Zeit ermöglicht und mich so unterstützt. Nur dank ihm funktioniert unser Konzept. Er ist wirklich der beste Partner, den ich mir wünschen kann.

Ich liebe dich so sehr!

Danke an meine immer und immer wieder treuen Helfer Pia, Miri, Anja, Susi und Jens – aber auch an meine Coverdesignerin Sarah. Ihr seid mein funktionierendes Netzwerk, auf euch ist immer Verlass!

Danke an all die wunderbaren Blogger dort draußen, die mich unermüdlich bei jedem Release unterstützen!

Danke an Jasmin – du bist mir eine treue Hilfe und wunderbare Freundin! Muh!

Danke an meine wundervollen Kollegen – für die viele Unterstützung, für ernsthafte Gespräche, für das Gefühl, nicht alleine zu sein. Insbesondere die diesjährige Frankfurter Buchmesse war für mich ganz, ganz wichtig und besonders.

Und danke an EUCH – an meine Leser. Ihr habt mir ein unfassbares Jahr 2019 beschert. Ich hoffe, ich konnte euch mit dieser Novelle ein wenig auf die Weihnachtszeit einstimmen, und vor allem hoffe ich, dass wir uns 2020 wieder sehen. Sowohl virtuell im Netz, als auch in meinen Büchern und auf den Buchmessen.

Ich bin froh, dass es euch gibt!

Eure Emma S. Rose

Paderborn im November 2019

ÜBER DEN AUTOR

Geboren und aufgewachsen ist Emma S. Rose im schönen Ostwestfalen. Im Mai 2014 verwirklichte sie ihren langgehegten Traum und veröffentlichte ihren Debütroman "Lina - Hoffnung auf Leben". Seitdem schreibt sie fleißig an neuen Werken.

Sie hat einen Master in Sozialer Arbeit gemacht und auch in dem Bereich gearbeitet, mittlerweile aber ist sie hauptberuflich Autorin.

Sie lebt mit ihrem Mann in Paderborn.

www.emma-s-rose.de
emma.rose@gmx.net

Printed in Poland
by Amazon Fulfillment
Poland Sp. z o.o., Wrocław

66329011R00122